《西游记》的八十一问

的八十一问

②

李天飞 著

作家出版社

目 录

十万八千里和唐僧的行头

十万八千里

从东土大唐到西天雷音寺，路程是"十万八千里"。孙悟空一个筋斗云，也是十万八千里。

首先，中国（长安）到天竺的实际距离，并不是十万八千里。历史上的玄奘西行求法，行程约五万里。但毕竟中国离印度太远了，远到两者之间的里程谁也说不清楚，于是大概在唐代，出现了两种说法。

说法一：中国离印度有十万八千里。这个说法什么时候出现的，没法考证。就我所见，记载了此种说法的较早文献，是唐李华《东都圣禅寺无畏三藏碑》。

碑文记载那烂陀寺高僧法护有大神通，在中国白马寺受了斋供，顷刻返回天竺。有人就惊叹：中国去此十万八千里，怎会如此神速！所以说，至少在唐朝就已经有这个说法了。

说法二：大约在同时，出现了另外一种说法，即我们这个世界到极乐世界的距离，是十万八千里。这是慧能大师说的。

《坛经·决疑品》刺史韦璩问慧能大师：

弟子常见僧俗念阿弥陀佛，愿生西方。请和尚说，得生彼否？愿为破疑。

慧能说：

世尊在舍卫城中，说西方引化，经文分明，去此不远。若论相说里数，有十万八千，即身中十恶八邪，便是说远。

慧能大师的意思，是我们离西方极乐世界并不遥远，只要发心想去，就一定能往生。但是表面上看（论相说），里数有十万八千，就好像我们凡人都有十恶八邪，假如被这些十恶八邪束缚住了，那极乐世界就离我们很远很远了。

佛教的十恶指：杀、盗、淫、妄语、绮语、恶口、两舌、悭贪、嗔恚、痴愚。

八邪，是对应"八正见"说的，分别是：邪见、邪思惟、邪语、邪业、邪命、邪精进（一作邪方便）、邪念、邪定。

也就是说，慧能大师这里是"当机说法"。用"十万八千"这个数字来比喻"十恶八邪"。大概在慧能大师看来，"恶"到底是比"邪"要更坏一些，所以给它们分配了不同的数字单位，说"先除十恶，即行十万。后除八邪，乃过八千。念念见性，常行平直，到如弹指，便睹弥陀"。

极乐世界是净土宗信仰的阿弥陀佛的佛国土。在《阿弥陀经》等经文里，是这么表述的：

从是西方，过十万亿佛土，有世界名曰极乐，其土有佛，号阿弥陀，今现在说法。

可见，从我们这个世界（也未必是中国）到极乐世界的距离，是"十万亿佛土"，就算一个佛国土是一个地球这么大，中间也得有十万亿个地球。这就是一个不可想象、不可估量的数字。假如和"十万八千里"产生关联，充其量只有个"十万"相同而已。

《坛经》流传相当广泛。而《西游记》也借了《坛经》说事，这在陆扬先生的《中国佛教文学中祖师形象的演变——以道安、慧能和孙悟空为中心》里讲得非常明白。就连须菩提祖师打了孙悟空三下，都由慧能大师的事迹而来。

所以须菩提祖师传授给孙悟空筋斗云，一个筋斗就是十万八千里，正是对慧能大师这句话的注脚——只要心念一到，瞬间就可以行过十万八千里的路程。而唐僧取经，还得千山万水地走过去，中间要降妖除怪，正是凡人克服"十恶八邪"的象征。

其实极乐世界是极乐世界，印度是印度。佛祖之所以出家修行，也是看到了人间的各种痛苦。印度也是一片"五浊恶世"，根本不是极乐世界。然而慧能大师之后，人们开始混淆印度和极乐世界。至少《西游记》里就明确说，佛祖住在"西方极乐之乡"，甚至如来见到孙悟空时还自称"南无阿弥陀佛"，这是把两个佛祖都混淆了！

慧能大师比李华要早。所以，到底是先有了中国到印度十万八千里的说法，慧能大师才混淆了呢，还是后人误解了慧能大师的讲法呢？因为缺少逻辑推理链条，此处无法给出确切结论。

但是明代莲池袾宏大师《阿弥陀经疏钞》就说，是慧能大师搞错了。"《坛经》又言西方去此十万八千里。是错以五天竺等为极乐也。"因为他觉得慧能大师没读过《大藏经》，把印度误作极乐世界了。

《西游记》有没有借鉴慧能大师"十恶八邪"的说法呢？答案是有的，至少有那么一点痕迹，这在百回本的《西游记》里没记载，但在早期的西游故事里可以见到。

今天《西游记》里说的"八十一难"，在有些民间故事里叫"九妖十八洞"。比如黄天教《太阳开天立极亿化诸佛归一宝卷》称："灵山十万八千程，暗藏九妖十八洞众。"这里明确地将"十万八千"和"九妖十八洞"牵扯在了一起。弘阳教宝卷《弘阳后续天华宝卷》"行过九妖十八洞，降伏魔王众妖精"。"十八洞"是不是以"十恶八邪"为原型编出来的？十恶是十洞，八邪又是八洞？这些都不可考，仅供大家继续研究。

唐僧的行头

古代小说里，但凡不平凡的人物，总要有不平凡的行头。要获得这种神奇行头，一是靠送，二是靠梦，三是靠碰，四是靠弄，简直就是一个通例。薛丁山征西，王禅老祖一下子就送他"十宝"，什么方天戟、昆仑剑之类，不费吹灰之力尽入囊中。然而这种一夜暴富的土豪，往往也容易被本主收回财富，所以王禅老祖不满薛丁山时，就把他的十宝收回了。广成子的番天印，赤精子的阴阳镜，都曾送给两个徒弟，但也都默默收回。这就是"送"，获得行头的方式里最直接、最轻易的一种。

宋江被公差追赶，跑到九天玄女庙躲避，梦中得了三卷天书。其实也是变相的送，但毕竟不那么直接，这就是"梦"。

《封神榜》里杨戬追赶妖精，那妖精就变作三尖两刃刀，杨戬本是使长枪的，原无换兵器的意愿，这就是"碰"。《白兔记》里刘知远斗瓜精，得了兵书和宝剑。《说岳全传》里岳飞自去取水，发现一条大蟒，那蟒就化作一条长枪，这都是"碰"。碰的技术含量，比送和梦都要高。

而孙悟空一不靠碰，二不靠送，三不靠梦，而靠自己弄，所以《西游记》的不平凡之处，正是孙悟空自己下了东洋大海，弄到了金箍铁棒和盔甲穿戴。除了这个，他拜师学艺，强勾死籍，哪一处不透露着为自己设计命运的精神？这在古典小说里实在不多见！

许多国人，莫说争取真实的权利和利益，就算是凭空想象这种不上税的宝物行头，也不敢轻易"望天讨价"，只敢编个"送"或"碰"。这足见《西游记》于吾国吾民，具有多么可贵的价值了。

唐僧作为《西游记》的二号人物，自然也该有一套不平凡的行头。这套行头虽然也是观音菩萨和太宗送的，却送得不傻。这套行头是：袈裟、锡杖、钵盂、通关文牒。还有一匹白马和两个随从，此处暂不细表。

锡杖、钵盂、袈裟这三样东西都有来历。《西游记》里，袈裟、锡杖是如来给菩萨的。菩萨原本要价袈裟五千两、锡杖两千两，见太宗诚心想买，便一分钱不要。正所谓"心到神知"。

在《大唐三藏取经诗话》里，三藏法师遇到猴行者，猴行者作法，带他去了毗沙门天王的宫殿。法师讲了一遍《法华经》。天王就送他隐形帽一顶、金镮锡杖一条、钵盂一只，说："有难之处，遥指天宫大叫'天王'一声，当有救用。"

此后，钵盂用过一次。过火类坳的时候，"忽遇一道野火连天，大生烟焰，行去不得，遂将钵盂一照，叫'天王'一声，当下火灭，七人便过此坳"。可见钵盂具有智能手机语音拨号的功能，只要一说"天王"，就自动拨号到毗沙门天王的宫殿，天王立即前来相助。

在《大唐三藏取经诗话》里，锡杖倒是用过很多次，而且这锡杖是法师和猴行者公用的。比如"前去遇一大坑，四门陡黑，雷声喊喊，进步不得。法师当把金镮杖遥指天宫，大叫：'天王救难！'忽然杖上起五里毫光，射破长坑，须臾便过"。

除了和钵盂一样具有手机的功能外，锡杖还有变化的功能。在白虎岭，"被猴行者将金镮杖变作一个夜叉，头点天，脚踏地，手把降魔杵，身如蓝靛青，发似朱砂，口吐百丈火光"，降了白虎精。

隐形帽用过一次，过九龙池的时候，九首龙大声哮吼，火焰毫光，喊动前来，被猴行者隐形帽化作遮天阵，钵盂盛却万里之水，金镮锡杖化作一条铁龙，无日无夜，二边相斗。猴行者骑上怪龙，抽了它一条背脊筋，给法师做了腰带。所以《封神演义》里哪吒抽了龙王三太子的筋，要给李靖做腰带，也不是原创。

但是，锡杖从来没有真正当兵器用过。它也不适合作为兵器，所以，高老庄高太公还说了一句："二位只是那根锡杖，锡杖怎么打得妖精？"

《大唐三藏取经诗话》是在寺庙里宣讲，是为宣扬佛法用的，所以猴行者和法师一路上很省事，只要拿起锡杖、钵盂，呼唤一声，天王就来救难了。即便只靠自己的力量，锡杖也是可以随心所欲地变出各种合用的东西。这种开外挂式的故事，到后来就难以见得到了。

　　综合来看，唐僧的这几件宝物，后来都没有起到什么作用。菩萨说这袈裟："但坐处有万神朝礼，凡举动有七佛随身。""不遭恶毒之难，不遇虎狼之灾。"吹得这么玄乎，我们等着看这两件东西到底能有多神，谁知都成了累赘！袈裟还丢了一回。锡杖更是半点儿作用没有起过——就是玉华州有收藏癖的黄狮精把孙、猪、沙三人的兵器偷走，也不曾打过锡杖的主意。像《大唐三藏取经诗话》里法师亲自拿着锡杖作法的情节，是完全看不到了。

　　紫金钵盂在早期西游故事里是毗沙门天王给的，是一件极为厉害的法器。但是唐太宗给的这个钵盂，一路上只有"捧着金饭碗讨饭"的份儿，唯一起到作用的事，就是当作"人事"，送给了索贿的阿傩、迦叶。

　　在《西游记杂剧》里，袈裟、锡杖是唐太宗赐的。唐僧自己说："至京祈雨，感天神相助，大雨三日。天子大喜，赐金襕袈裟、九环锡杖，封三藏法师，着往西天取经。"这几件东西既然是皇帝赐的凡间之物，所以也没起到什么作用，只是几件身份的标志。

　　所以，这些东西，尽管都大有来头，也在百回本《西游记》故事里继承下来了，但似乎都没有大写特写，只是作为推动情节的道具：袈裟、锡杖，是如来让菩萨考验太宗的心是否真诚的，钵盂是唐僧当"人事"送如来的——其实相当于太宗考验如来的经是否如法。如来送出袈裟、锡杖，手下的二尊者不动声色地收下了钵盂；太宗送出了钵盂，手下的玄奘不动声色地收下了袈裟、锡杖，相当于如来和太宗交换了一次礼物！双方会心一笑，各自掂量出了对方的分量。

　　袈裟、钵盂、锡杖都是老物件，百回本《西游记》继承下来了，但继承归继承，百回本怎么写好，实在挠头。唐僧行头里最有意义的，其实还是通关文牒。

历史上的玄奘法师，是偷渡出大唐的，当然不可能携带什么通关文牒。他回程的时候，还给太宗皇帝写了一封信，表明了自己的心迹。但是后来的取经故事，为了让这件事变得更合法，就全都编成奉旨取经了。

实际上通关文牒的原型，不是唐太宗送的，而是高昌国国王麴文泰送的。玄奘法师到了高昌国后，受到了麴文泰的热情招待。麴文泰希望玄奘能留下来，但玄奘坚持不肯，甚至绝食。麴文泰无奈之下，只好派出一支队伍，护送玄奘继续前行，还给沿途的各国国王写了二十四封信，请求他们放行。这二十四封信，其实就是通关文牒的原型。

麴文泰还与玄奘法师拜为兄弟，这大概也是"御弟哥哥"的来历。所以说，"御弟"未必是唐朝皇帝的御弟，反倒是高昌国王的御弟了。

初出长安第一难

唐僧出长安的时候，身边并没有三个神通广大的徒弟，只有两个随从。后来到了两界山，才把孙悟空救出来。但这短短的一段旅程，却很值得说一说，因为里面有太多隐藏的文本。

小乘教法与大乘教法

开始唐僧的西游行程之前，有一个问题：唐僧为什么要取经？当然，原因很多，但这里只讨论一个问题。观音菩萨曾问唐僧："你讲的是小乘教法，可会讲大乘教法吗？"这样看来，唐僧取经好像是取佛教的大乘经典。

其实并不是那么回事。

这就涉及一个问题：什么是小乘教法？什么是大乘教法？

这个问题，懂佛学的朋友分得很清楚，但说清楚有点费劲，姑且用几句话来概括：

释迦牟尼涅槃之后，佛教内部发生了分化。一些人发挥了释迦牟尼的教义，主张众生平等、慈航普度、自觉觉他的教义。另外一些人，对释迦牟尼的原始教义比较固守，主张自我解脱。所以前者自称大乘，贬称后者为小乘，现在这种褒贬的含义已经消失了。小乘有点像初级课程，大乘有点像高级课程。但是小乘教法里，反倒有许多是释迦牟尼的亲口讲说，所以现在人也称其为原始佛教或根本佛教。小乘经典有《长阿含经》《中阿含经》《增一阿含经》《杂阿含经》等。大乘经典有《大般涅槃经》《般若经》《无量寿经》《解深密经》等。

唐僧在那次御前大法会上讲经的情形是："那法师在台上，念一会《受生度亡经》，谈一会《安邦天宝篆》，又宣一会《劝修功卷》。"然后菩萨就喊起来了："那和尚，你只会谈小乘教法，可会谈大乘教法么？"

但是不对呀，唐僧这里讲的，哪一部是小乘经典呢？我们先仔细分析一下，唐僧讲的都是什么经。

《受生度亡经》《安邦天宝篆》《劝修功卷》，其实都不是正宗的佛经。先说《受生度亡经》，佛典中有一种托为"唐三藏法师"传授的《受生经》（或《寿生经》），说人投胎时，要在冥司借一定量的"寿生钱"，才能投胎为人，渐渐冥司钱库已空。所以人应趁生时及时烧还这些钱，存入冥司库中，不可拖欠。这和佛教的根本教义是相违背的！道教倒是有《五斗金章受生真经》《城隍度亡真经》等，其内容与《寿生经》相似。这些经典，其实都是民间信仰或者道教编出来的。

至于《安邦天宝篆》和《劝修功卷》，就更不是佛典了，而是民间劝善修行之类的宝卷。现存宝卷中有《安天宝卷》、《劝修宝卷》（又称《王花宝卷》）、《劝修行》（又称《猫猊劝修宝卷》）。道教符书常用篆书写成，称"宝篆""丹篆"，所以民间宝卷也有以"篆"为名者，以示神秘。如有个民间宗教叫"黄天教"，他们就有《印记文篆》《白花玉篆》，都叫某某"篆"。

另外唐僧讲经，经常用两个字，"宣"和"谈"。这两个字都有特殊的含义。按着宝卷来讲唱，叫宣卷。谈，即"谈经"。不是唐僧对听法的人说，你们过来，我们来谈谈。"宣"和"谈"，带有一种表演的性质。宋代说书人"谈经"，就是用浅近平易的方式讲说经典，包括宣讲故事、唱念韵文等。

什么场合这样讲经呢？在没有文化的老百姓家里，或没有文化的妇女中，比如《金瓶梅》里面，潘金莲她们经常叫尼姑来讲经，盘腿在炕上一坐，就唱起来了，讲的有《五祖黄梅宝卷》（三十九回）、《金刚科仪》（五十一回）、《五戒禅师宝卷》（七十三回）、《黄氏女宝卷》（七十四回）。这些宝卷，和唐僧在御前法事上"宣""谈"的所谓经典是一码事。

"太宗即排驾，率文武多官，后妃国戚，早赴寺里。那一城人，无论大小尊卑，俱诣寺听讲"，不可想象，在这么大排场的御前法事上，"千经万典，无所不通；佛号仙音，无般不会"的玄奘法师，就讲这么几篇潘金莲听的经？

对这个细节，我们现代人无感，但对于熟悉这些宝卷名目、了解其就里的明代听众看来，一定会大笑一场的。

事实上，菩萨正是听了这场法事，才上前问道："那和尚，你只会谈小乘教法，可会谈大乘教法么？"也就是说，作者心目中的小乘教法和大乘教法，并不是佛学概念里的小乘教法和大乘教法——到了这一讲，大家对《西游记》这位或这批作者的佛学水平是个什么样子，还没有体会吗？

按说，唐僧既然讲小乘教法，何不讲代表性的《阿含经》？讲"巴利三藏"也行啊。其实这位作者应该不懂大小乘的真正区别，他把《受生度亡经》《安邦天宝篆》《劝修功卷》算作小乘教法了，所以菩萨马上说："你这小乘教法，度不得亡者超升，只可浑俗和光而已。""浑俗和光"原指同于尘俗、不露光芒，这里自然是说这些宝卷、善书只能在俗人中讲讲，上不得台面。

这就涉及明代的僧人制度了。明太祖时期，为了管理僧人，将僧人分为"禅"、"讲"、"教"（瑜伽）三类。大概意思就是禅僧是修禅的，讲僧是阐明教义的，教僧（瑜伽）是做法事的。

普通老百姓，既不修禅定，也不懂教义，所以对禅、讲两个专业的和尚并不感冒。倒是民间的各种超度、庆典、娱乐、祭祀，总要请教僧来念经，做法事，所以对于他们是最熟悉的。久而久之，老百姓心目中的和尚，就只懂念经、宣卷、做法事这一套了。

这些和尚念经、宣卷，自然要收费，其实和世俗的商业服务没有什么区别。他们通达世情，又有袈裟在身，所以我们在旧小说里能看到那么多非常不堪的僧道，比如裴如海以及火烧宝莲寺的那些和尚，都是借着宗教掩护干坏事的。尼姑也不怎么样，三姑六婆的"三姑"，就指尼姑、道姑和卦姑，这是正经人家不屑与之交往的。僧道形象大幅度下滑，这是明代以后的一个特征。

随着僧人分类制度而来的，就是这些教僧对经典的陌生，甚至民间人士也混入其中，明陈大声《滑稽余韵·道人》：

> 称呼烂面，倚称佛教，那有师传。沿门打听还经愿，整夜无眠。长布衫当袈裟施展，旧家堂作圣像高悬。宣罢了《金刚卷》，斋食儿未免，单顾嘴不图钱。

这里的"道人"并非指道士，而是指一些民间人士和一些半真半假的和尚，他们不懂经典，甚至连字都认不全。到了明代，很难分清道教和佛教的界限，真真假假的宗教人士乱讲一气，老百姓也便乱听一通。这样的局面，在百姓看来习以为常，在有一定修养的人士看来当然是不能容忍的。

所以，这里作者为了引菩萨出来讲大乘教法，特意为唐僧安排了几个这样的宝卷名，是有其用意在内的。这里所谓的小乘教法，指的其实是民间的宝卷、善书；大乘教法指的是真正的佛教经典。此处的小乘和大乘，与正宗佛教的小乘、大乘没有半点关系！用一句话来概括唐僧的取经行为，就是"向经典致敬"！

多说一句，唐王送唐僧出关，和他拜为兄弟，临走的时候，在酒杯里放了一捻土，还说："日久年深，山遥路远，御弟可进此酒。宁恋本乡一捻土，莫爱他乡万两金。"这两句也未必是今天《西游记》的原创，而是一句民间俗语。很多讲西游故事的宝卷都有这个情节，说法也不一样，比如自己作土的："令座（宁作）本乡一块土，莫恋他乡万两金。"（《佛门取经道场·科书卷》）还有吃土的："宁吃本乡一块土，莫受他乡万两金。"（《佛门西游慈悲宝卷道场》）甚至还有："愿恋东土一撮土，莫恋佛国万卷经。"（江淮一带的西游"神书"）

这就更有意思了！唐僧本来就是去取经的，何以告诫他"莫恋佛国万卷经"？由此说明，西游故事从唐僧的主动出关，到奉旨取经，已经发生很大变化了。而且从这些文字，更可以看出《西游记》和民间说唱之间有着非比寻常的关系。

唐朝的妖怪

唐僧离开河州卫数十里，初出长安第一难降临了——几位妖怪出场了。这也是大唐境内唯一的一伙妖怪。而且，是唯一一伙没有受到惩罚或交代下场的妖怪。

这三个妖怪，虎精叫寅将军，牛精叫特处士，熊精叫熊山君。熊山君，我读书少，不知来历。但另两位则出自《太平广记》，这是一个唐朝的故事：

话说唐朝大中年间，有一个秀才叫宁茵，晚上他正在院子里吟诗，忽听有人敲门，来人自称"桃林斑特处士"，两人就谈论起学问来。宁茵一听，这人学问虽然很大，但不知怎的，句句离不开牛。这时又有人敲门，一看，这人相貌威严，身形刚猛，自称"南山斑寅将军"，又开始大谈学问，这人学问也很大，可是句句离不开老虎。三人下了一会儿棋，喝了一会儿酒，宁茵拿出一盘鹿肉请大家吃。寅将军大嚼特嚼，特处士在边上看着。宁茵问："你怎么不吃？"特处士说："我牙齿不好，嚼不动肉。"

三个人喝着喝着就多了。等到早晨，宁茵一看，特处士和寅将军都不见了，门外只有一堆牛蹄印和虎爪印。他大吃一惊，在附近一找，发现一座废园里有一头老牛趴着，还带着酒气，老虎早就钻进山林了。宁茵立即卷铺盖搬走，再也没有回来。

这两个妖怪，还是相当有品的。特处士连一口鹿肉都不吃，更不要说吃人了。就是寅将军，也只是吟诗作赋，谈天说地，对宁茵这堆人肉毫不在意，哪知道到了《西游记》里就生吃起人肉来，连特处士都开了荤。

但《西游记》中这几位妖怪，还是保留着唐朝高士妖怪的血统。寅将军问两人："二公连日如何？"熊山君说："惟守素耳。"特处士说："惟随时耳。"守素，意思是保持平生的素志。这文绉绉的问答，正显出它们是从古书上抄来的妖怪了。

太白金星

在这场考验的最后，太白金星搭救了唐僧，但并没有降伏这几个妖怪。

太白金星和唐僧为何会产生关系呢？有一位朋友，北京大学中文系博士左怡兵兄告诉我，有一个西游故事宝卷是这样讲的：在我佛会上，天仙地仙千万大众听佛说法，有一位金禅长老打了个盹，就被如来发配至"东土土魔之国"，太白金星奉佛敕令，送金禅长老转生。

这段民间故事，把唐僧为何被贬的缘由写出来了。不叫"金蝉"，而是"金禅"。当然这种民间宝卷容易写错别字。假如字没有写错，不由得让人想到，明代的秘密宗教，正有"金禅""悟空"两个教派。而金禅的影响力有时可以与"白莲教"相抗衡，所以官方动辄就是"白莲金禅之教"。

这个问题暂且搁置，那么太白金星在这里出手搭救，还说："只因你本性元明，所以吃不得你。"好像是对唐僧很熟悉的样子。在孙悟空相助前，一直是太白金星护送唐僧，如果太白金星是送唐僧投胎的人（至少在明代的民间故事里），他这样做是合乎逻辑的。

紧箍咒戴还是不戴，这是个问题

唐僧刚出长安不久，就遇到了猎户刘伯钦。刘伯钦送唐僧来到两界山。唐僧说：麻烦你再送我一程吧。刘伯钦说：长老，这山名叫两界山，东边是大唐所管，西边是鞑靼的地界。我不能过界，你去吧。两人正难舍难分之际，只听得山脚下叫喊如雷："我师父来也！我师父来也！"

看到此处，谁不拍案大呼快哉！清黄周星在此批道："人人踊跃欢喜，如出暗室而睹青天，如泛苦海而登彼岸。无数重负一朝顿释矣。乐极！乐极！"

后面的故事，大家就都知道了。唐僧把"六字真言"揭了下来，只听得一声巨响，地裂山崩，虚空粉碎，五百年前大闹天宫的齐天大圣孙悟空就此重生！好比花果山顶石卵此时方才迸裂，从前种种不必重提。

插入的"六贼无踪"

孙悟空出了五行山后，有一段打死强盗的故事，原著的大致情节是这样的：

　　师徒们正走多时，忽见路旁唿哨一声，闯出六个人来，各执长枪短剑，利刃强弓。……行者对那六个人施礼道："列位有甚么缘故，阻我贫僧的去路？"……那六人道："我们唤作眼看喜、耳听怒、鼻嗅爱、舌尝思、意见欲、身本忧。"悟空笑道："原来是六个毛贼！你不认得我这出家人是你的主人公，反倒来挡路。把那打劫的珍宝拿出来，我与你作七分儿均分，饶了你罢！"那贼闻言，喜的喜，怒的怒，爱的爱，欲的欲，思的思，忧的忧。一齐上前乱嚷道："这和尚无礼！你的东西全然没有，转来和我等分东西！"他们轮枪舞剑，一拥前来，照行者劈头乱砍，乒乒乓乓，砍有七八十下。悟空停立中间，只当不知。……行者伸手去耳朵里拔出一根绣花针儿，迎风一晃，却是一条铁棒，吓得这六个贼四散逃走，被他拽开步，团团赶上，一个个尽皆打死。

　　唐僧嫌孙悟空不分好歹打死了强盗，孙悟空一气之下，驾云去了东海龙宫。老龙王借张良三进履的故事劝告孙悟空，孙悟空醒悟，又在海面上碰到了观音菩萨，这才回来继续保护唐僧。

　　打杀六贼，悟空气走，这在后来的难簿上绝对算得上一难。因为最后九九八十一难的难簿上有"不识人参十八难""朱紫国行医五十五难、拯救疲癃五十六难"，朱紫国行医都算一难，甚至不认得人参果都算一难，这里打杀六贼，又怎么能不算一难？

　　唐僧九月十二日离开长安，到两界山不过十几日，"正是秋深时节"。孙悟空出来后，下山遇到老者借宿，然后"夜宿晓行，不觉又值初冬时候"，说明已走了许久，至少离开两界山已经有一段距离。所以难簿上说"两界山头第八难",应该是指救孙悟空出来,而不是打杀六贼。如果指这件事,为什么不说"剪除六贼第八难"呢?

另外,难簿上是"出城逢虎第五难、折从落坑第六难、双叉岭上第七难、两界山头第八难"。这又怪了啊——今天《西游记》里双叉岭的这件小事,居然被拆成了三难!虽然双岭上碰到的寅将军是个虎精,但"出城逢虎"这一难放在刘伯钦打死的那只虎上比较合适。就算这只虎指寅将军,那也应该是"折从落坑"在前,"出城逢虎"在后才对。所以今天的双叉岭、两界山故事,很可能和原来的版本是完全不一样的。

我经常说《西游记》是由不同时代、不同作者创造出的层累性作品,这在九九八十一难的难簿上也能看出来。世德堂本的难簿(大家可以参看我的校注本,别的版本基本都根据清刻本"改对"了),六十九至七十四难分别是:稀柿拜秽六十九难、花豹迷人七十难、棘林吟咏七十一难、黑河沉没七十二难、灭法国难行七十三难、元夜观灯七十四难。先不管"稀柿拜秽"是什么意思,大家翻看目录就知道,这六难顺序和正文处处对不上!由此说明,难簿抄自一个老版本,百回本的正文是一个新版本。因为只有照抄老版本的难簿而忘记正文顺序已改过或懒得去改难簿的道理,断没有先写好正文再去编难簿而且还编错的道理。

况且这几个毛贼的名字,与后面的妖怪相比,未免显得太有文化了:"一个唤作眼看喜,一个唤作耳听怒,一个唤作鼻嗅爱,一个唤作舌尝思,一个唤作意见欲,一个唤作身本忧。"后面的许多妖怪,是狮子就叫黄狮精,是蜘蛛就叫蜘蛛精,是豹子就叫豹子精，名字真是朴实到家了。而这六个毛贼，不加注释，恐怕很多朋友不知道是什么意思。所以，这六个毛贼无疑是出自一位高人之笔，至少在八十一难成形之后才添补到书中的。

为什么要打杀六贼

佛教认为：色声香味触法，以眼耳鼻舌身意六根为媒，自劫家宝，故喻之为贼。有道之士，眼不视色，耳不听声，鼻不嗅香，舌不味味，身离细滑，意不妄念，以避六贼。道教也有六贼的概念，当然是从佛教借过来的。元杂剧《马丹阳三度仁风子》里，就有了"六贼"的人物形象，这正是道教的六贼影响了文艺作品。

我们来到这个世界上，有哪一个时刻是消停的？眼睛要不停地看事物，耳朵要不停地听声音，鼻子要不停闻气息，舌头要不停尝滋味，身体要不停地寻找快感，就算这些都没有了，脑子里还不断地胡思乱想。

它们都是"贼"，至少，它们干扰了我们的注意力，消耗了我们的专注度，盗取了我们的宝贵时间：

其实我本来是要读一会儿书的，结果打开微信刷一刷就过去了。

其实我本来是要看一会儿稿的，结果打开网站泡一泡就过去了。

其实我本来是要练一会儿字的，结果打开视频躺一躺就过去了。

其实我本来是要更一篇文的，结果叫份烤串撸一撸就过去了。

于是，忽然发现，太阳又偏西了，于是感叹，于是一事无成……

我刷了之后，泡了之后，躺了之后，撸了之后，虽然时间这样过去了，但总感觉空虚，铺天盖地的空虚。这就是盗贼们把我们的专注、时间盗走了，只剩下空空的过去和茫然的未来。

现在的图片、短视频，越来越酷炫；现在的音乐，越来越震撼；现在的美食，想方设法地刺激我们的嗅觉和味蕾；现在的各种服务，你怎么舒服，就可以怎么来。他们就是眼贼、耳贼、鼻贼、舌贼、身贼。

各种微信、微博的文章——包括我写的这篇，它们虽然不刺激你的眼睛、嗅觉、味蕾，却刺激你的思维。假如我们的脑子，不断地跟着这些文章转，而失去了自己的判断力，那就是意贼。

于是，这些盗贼，盗走了审美，盗走了敏锐，盗走了思考的能力。更有一些高级的盗贼，他们打着爱的名义、善的名义、正义的名义，把喜、怒、爱、忧等偷走了，使我们的心逐渐麻木起来。

当然，这不是说我们不需要图片，不需要网站，不需要音乐，不需要烤串……这更加愚蠢。所以，请看六个毛贼自报家门后，孙悟空立即接的话，这几句，句句有深意，没一句废话：

原来是六个毛贼！你不认得我这出家人是你的主人公，反倒来挡路。把那打劫的珍宝拿出来，我与你作七分儿均分，饶了你罢！

这里的关键字，一是"主人公"，二是"均分"，三是"饶了你罢"。

孙悟空并没有即刻从耳朵里掏出棍子就开打，而是先作了如下声明：只要你认同我这主人公，财宝可以均分，没有任何问题！概括起来就是：

一、我不否认你们的存在。

二、我在心中给你们留一个地位。不但留地位，而且平起平坐。我分到的也不需要比你们多，但也不能比你们少。

三、你们得好好伺候老子！

判断一个人是不是贼，自然要看他的行为。如果好好伺候主人公，打劫到的财宝乖乖上交，那就是忠仆、义仆，就不是贼了！但是眼耳鼻舌身意不识相，反倒"轮枪舞剑，一拥前来，照行者劈头乱砍"，这就是欺负到主人公头上来了。所以，孙悟空抢开棍子，一概打死。

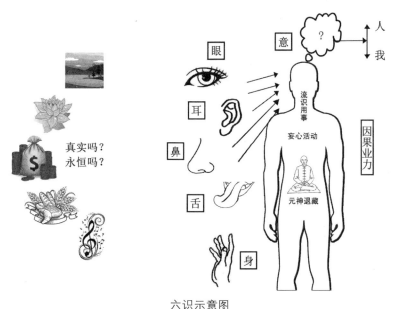

六识示意图

　　我的日常生活，就经常会这样：先是有个紧急的稿子催发稿；忽然又来一个快递；忽然又有人来送稿子……一时之间，阵脚大乱。转念一想，哑然失笑：这有什么呢？只是自己的心乱而已。于是冲了一杯咖啡，一切就井然有序了。

　　这里顺便说一句：眼看喜、耳听怒、鼻嗅爱、舌尝思、意见欲、身本忧，并不是说眼睛只能对应喜，耳朵只能对应怒……其实身体每个器官带来的，都有可能是喜、怒、爱、思、欲、忧中的任何一个，只不过作者起名字各自对应了一个，这是互文。就像"当窗理云鬓，对镜贴花黄"一样，笼统说的是当着窗、对着镜，理鬓贴黄。所以，我们只要笼统地理解，六根对应六情，就好。

龙王和观音的说话艺术

　　打杀了六贼，唐僧过意不去了，开始教训孙悟空。这还真不是唐僧在这里烂忠厚、傻慈悲。如果为了断除六贼，我们就把眼睛抠瞎、耳朵扎聋、舌头割掉……最快的方法，当然是自杀了，麻绳一吊，高楼一跳，农药一倒，河水一泡……然而这可行吗？这是主人和六贼同归于尽的方式！相当于放火烧了自家房子，然而烧了房子算完事了吗？毕竟，我们还要在世界上生活，真正的高明是学会和他们共处。

　　所以说，打死六贼，是错误的，六贼只能降伏，就像唐僧说的"你纵有手段，只可退他去便了"，这句话是关键。他当然不能再说一通唯识的道理，那《西游记》就真变成佛经了。顺便说一句，玄奘法师可是唯识宗的大宗师，要讲人的"六识""八识"，他要说自己是第二，那没人敢说自己是第一了。

所以我不得不佩服《西游记》的文笔。要表现"同归于尽"寓意，作者的安排，是让孙悟空断然离去，离开了取经队伍，于是这颗心，就游离于身体之外了。后面孙悟空回心转意，回到唐僧身边的情节，是极讲究、极有分寸的。

他先是安排了一场龙王的劝说。不愧是东海龙王，堪称做思想工作的高手。作为一位长者，一位过来人，同时也是取经队伍的旁观者，龙王先是讲了张良的故事，然后只说了三句话："大圣，你若不保唐僧，不尽勤劳，不受教诲，到底是个妖仙，休想得成正果。""大圣自当裁处，不可图自在，误了前程。""请大圣早发慈悲，不要疏久了你师父。"

这是几句极有分寸、有身份、有力量的话，方方面面都讲全了。第一，"到底是个妖仙，休想得成正果"，这是摆明利益。第二，"自当裁处"，你们取经队伍如何，与我并无关系，我首先尊重你的选择，你回花果山我也不管。第三，"不可图自在"，从你内心来说，我见你只图自在，为你担心。第四，"请大圣早发慈悲"，从你外部责任说，你不是一个单独的人了，你已经有了社会责任。但这样说责任，绝对会激起孙悟空的反感，所以一定要反着说：你要发慈悲，你师父需要你的保护。

寥寥五十几个字，讲出了四个方面，句句戳中要害，而且不显山不露水，这就是作者练达的文字功夫。试问这份质感，今天的一般写手有几个能达到？这就是名著的细节。

然而，最精彩的还在后面。

孙悟空出海面之后，遇到了菩萨，简单问答之后，菩萨劝他回去。好话歹话其实都让龙王说尽了，这时菩萨说任何一句，都不免和前面相犯。如果我们来写，菩萨应该说句什么话，既符合她的身份，又能让孙悟空决然反转？

我们必然说："你这泼猴，还不快去！""你对得起我吗？""你对得起你师父吗？""你这个烂泥扶不上墙的东西，你就不该离开。""你怎么不顾全大局？你的集体主义精神呢？""取到真经才能成佛啊。""你师父那么辛苦你知道吗！""我为你付出了多少你懂吗？""菩萨理解你，但取经要紧。""乖乖，菩萨抱抱……回去找你师父吧。""（用大法力把猴子往西天路上一推）去你娘的！"

你看，很多家长不就这样教训孩子的吗？人身攻击、道德绑架、利益引诱、粗暴压制……然而这些有什么用？

这些话，龙王可以说，因为他是外人。外人劝说一个人，大可以讲道义、讲责任、讲利益。因为他的身份就代表着社会上的关系，道义、责任、利益等等，说来说去，都代表着社会上的交换、合作的规则。如果家长对孩子开始讲道义、讲责任、讲利益，就已经落入下乘了。因为，你一谈这些，就已经在和你的孩子谈交换、谈合作了！那就别怪孩子和你谈交换、谈合作！一切亲情的变异，都是从谈交换开始！

然而你看菩萨的话，一般境界的人绝对写不出来。这和文才无关，只和境界有关。她只淡淡地说了一句九个字的话，看起来和孙悟空是否要回去毫不相关，但细品之下，这句话足以摆落一切用不着的，而且一个字都不能省：

　　　　赶早去，莫错过了念头。

诸位，这就是菩萨！诸佛不能转定业之身，菩萨不能救无缘之人，父母不能留叛逆之子。决定一切的，是自己的心和自己造的业。其实，任何人都不是傻子。他在社会上历练一番之后，总有选择、判断，总有念头对的时候，如果亲人要帮他，也只能在这个时候，帮一把，推一把。然而，如何能捕捉到这个正确的念头，在菩萨就是法力，她应该知道，什么时候该驾云飞到孙悟空面前；在父母就是观察力，他们应该知道，什么时候应该对孩子说这句话。

紧箍咒还是定心真言

菩萨这句话，把孙悟空此时的心理活动揭得一干二净。因为孙悟空这颗心，一时半会儿是降伏不住的。他一回来，唐僧就给他戴了一个紧箍儿。准确地说，孙悟空戴的是紧箍儿而不能叫紧箍咒，但大家已经习以为常，也就随俗了。

这个也好理解。我上本科的时候，就有过这体验。听别人讲理想、谈人生，听得激情澎湃，觉得自此就会脱胎换骨变一个人了，结果散场没几个小时，就又现了原形。该刷手机还刷手机，该上网还上网，该看片还看片，该挂科还挂科——有时候，心里都不愿回想那一次次激情澎湃、立志自新的时刻！

这是怎么回事呢？为什么有了理想，有了目标，还是做不到呢？

理由简单至极：菩萨早就说了，莫错过了念头。人心是会变的，虽然一时受了激励、匡正，但总要摇摆不定，反复无常，这没什么可指责、可懊恼的。所以《西游记》管孙悟空叫"心猿"

就是这个道理。菩萨早就知道，对于普通人，好的念头，是可以或者必然会错过的。

治疗方法也简单至极：就是上个紧箍咒！

紧箍咒并非今本《西游记》的独创，早在《西游记杂剧》里就有了。但为何《西游记》是四大名著，而《西游记杂剧》不是名著？因为在这两部作品里，对紧箍咒的写法完全不一样。

《西游记杂剧》是这样唱的：

> 玄奘，你近前来。这畜生凡心不退，但欲伤你，你念紧箍儿咒，他头上便紧。若不告饶，须臾之间，便刺死这厮。
>
> 为足下常有杀人机，因此上与师父留下这防身计，劣心肠再不可生奸意。

差别在哪儿呢？差别就在对待孙悟空的态度上。

杂剧是把孙悟空当作妖怪防的。先判定你是劣的、奸的，然后用紧箍咒防你——这也是绝大多数人对别人的态度。说白了，无非就像套在犯人身上的枷锁，使之不得反抗。所以一再说，这是"防身计""但欲伤你"，便念紧箍咒。对孙悟空而言，紧箍咒就是一再强调：你是罪犯！你是罪犯！你是罪犯！你要赎罪！你要赎罪！你要赎罪！

所以早年间有些学者喜欢讲，《西游记》的紧箍咒代表了什么封建礼教对孙悟空的束缚，甚至代表了统治阶级的压迫。还有些学者讲，孙悟空等人取经之路，是一次赎罪之旅。只能说，这些说法对各种西游故事都适用，都可以这么说，但恐怕并没有抓住百回本《西游记》的特点。因为他们对这里的六贼，对里面谈论心性的内容，都没看见，或假装没看见。

所以我们又看到今本《西游记》弹指神通的精妙了：紧箍咒是前辈留下来的剧情，必须编进去，不编进去，观众不答应；但是作者手指一弹，就把惩罚猴精"奸劣"的问题，轻轻转化为如何处理心性上不羁的问题了。这就是高手，这就是对人性的尊重！

所以它继承了紧箍咒的老名字，又起了一个新名字叫定心真言。观音变的老母是这样告诉唐僧的：

> 东边不远，就是我家，想必往我家去了。我那里还有一篇咒儿，唤作"定心真言"，又名作"紧箍儿咒"。你可暗暗的念熟，牢记心头，再莫泄漏一人知道。我去赶上他，教他还来跟你，你却将此衣帽与他穿戴。他若不服你使唤，你就默念此咒，他再不敢行凶，也再不敢去了。

也就是说，紧箍咒又叫定心真言。心是谁，当然是心猿孙悟空，这是最明白不过的暗示了。和杂剧不一样，今本《西游记》不把孙悟空当坏人看待，而是把他当一个正常的人来看待，尤其是把他当成一颗真实的心来看待、来尊重。

孙悟空代表真心。"真"是前提，虽然这真心并不代表有理由无所不为，但前提是一定要"真"，如果是假的，是掩藏的，整部《西游记》就没有意义了。

观音的话里，"行凶"这个词也大有意趣。

《西游记杂剧》里当然指孙悟空对唐僧行凶，孙悟空被放出五行山第一句话就说："好个胖和尚，到前面吃得我一顿饱，依旧回花果山。"到了今本《西游记》里，作者把行凶的对象不露声色地改掉了，接上面打杀强盗的剧情，这里菩萨说的行凶，当然指的是对外人行凶。

所以《西游记》之可贵，就是把孙悟空当作人来看待，就是虽然写神仙妖魔，却是处处直面人，处处写这颗人心。今天有些剧里只有一堆圣贤尧舜，有些剧里只有一堆丛林动物，有些剧里只有一堆杀人机器。明明演的是"人"，偏偏"人"最少。因为这些故事，把最关键的真心，隐藏起来了。

一定有许多朋友，想知道定心真言的内容是什么。《西游记》里当然没有写，到底是"般若波罗蜜"呢，还是"唵嘛呢叭咪吽"呢，还是别的梵文？然而清朝评点《西游证道书》的黄周星透露了天机，原文很浅显，我不评论，不解释，只觉得精彩！

> 《紧箍儿咒》，一名《定心真言》，然则此箍非头间之箍，乃心上之箍耳。或问此咒至今传否？道人曰："《易经》《论语》俱有之，曰：'君子思不出其位。'"

附录

宗教意义的"六贼"

主人公，指真如本性或元神。六贼，就是由眼、耳、鼻、舌、身、意产生的喜、怒、爱、思、欲、忧的形象化比喻，是烦恼的根源。修行的人首先一定要断除这六贼。佛教唯识宗一般把心分为八个层次，表层的是眼识、耳识、鼻识、舌识、身识这五种简单的"识"，这仅相当于摄影、录制、直接感觉外在世界的感性认识。五识的感觉传送到第六识意识，靠意识的分辨、判断、推理，创造出一个外在世界的投影，大致相当于理性认识。第七识末那识，负责把所有的信息传送到第八识阿赖耶识，同时第七识也是认为有"我"的存在，这就是产生烦恼的根源。第八识储藏了宇宙万有的所有信息，其中含有"真如本性"。它先天而生，靠人类普通的思维无法认识。玄奘法师有《八识规矩颂》，称阿赖耶识"去后来先作主公"。此外，尚有第九识，即庵摩罗识，又称白净识、清净识，指阿赖耶识去除了垢染，达到光明澄澈的境界。道教内丹术借用唯识宗的理论，提出"八识归元"，认为阿赖耶识即内丹术百般修炼寻觅，务要显现出的"元神"，故称元神为"主翁""主人公"。此处孙悟空自称主人公，剿灭六贼，即"明心见性"，现出元神阿赖耶识的意思。

护驾的小神仙

六丁六甲到底是男是女？

唐僧在鹰愁涧收了白龙马。同时，又有一大批神仙加入了取经队伍。他们虽然没有直接现身，但时时刻刻保护着唐僧的安全，同时也暗中记录着唐僧的言行。他们就是六丁六甲、五方揭谛、四值功曹和十八位护教伽蓝。

六丁六甲本来是百分百的道教神，是六位丁神和六位甲神的合称。六丁六甲的信仰，大概南北朝时期就存在了，在旧历的甲日和丁日念诵他们的名号，有很多好处。六位甲神都是男的，又称六甲将军。六位丁神原本都是女的，又叫六丁玉女，她们和很多道教神仙一样，在不同时候、不同的教派，有很大的变化，特别是南北朝之后的几百年间，六丁玉女渐渐变成了六位男性将军了。

据宋代灵宝派科仪《灵宝领教济度金书》，六甲将军为甲子合形大将军凌飞、甲寅变形大将军蒋真等六位，六丁将军为丁丑大光大将军黄洞、丁卯元光大将军徐元哲等六位。宋洪迈《夷坚丁志·兴国道人》载，赣州兴国刘子昂不信道教，把道书烧掉，于是就引来了几位神将，"如世所绘六丁力士者"，对他说：我们

本来是保护你的，现在你不信我们，我们要走了。可知当时将
"六丁六甲"视为保护神的信仰颇为流行，而且六丁神也成了六
位猛男。另外，北宋灭亡时，金兵围攻汴梁城，有个装神弄鬼的
郭京，说他能召唤"六丁力士"，虽说是人扮的，想来也不可能
找小姑娘演。

　　本来是"玉女"的六丁神，为何变成了六位将军，甚至出现
了"六丁力士"的说法？问题就出在这个"丁"字上。

　　首先，丁，既是十天干的第四位，同时又是男子的意思，所
以一个家族生了男孩，就说是"添丁"，征兵也说"拉壮丁"，男
孩成年叫"成丁"，这当然大大影响了六丁的女性形象。

　　其次，历史上另有一个"五丁力士"的故事，也很有名。秦
王想灭蜀国，就想了一个办法。他叫人做了五头石牛，每天在石
牛屁股后面摆上一堆金子，谎称石牛是金牛，每天能拉一堆金
子。蜀王听说后，就派人向秦王索求。秦王就把石牛送给蜀王，
外加五个美女。但是石牛很重，如何搬来呢？当时蜀国有五个大
力士，力大无比，叫五丁力士。蜀王就叫他们去凿山开路，把金
牛拉回来。于是五丁力士在大山间开出了一条大路，把石牛和美
女带回来。经过一处，遇到一条大蛇。五丁力士想把蛇从洞里拉
出来，结果把山拉塌，五丁力士和五个美女都被压死了。秦国就
顺着这条大路打进来，把蜀国灭掉了。

　　所以，我怀疑，民间可能把"六丁神"和"五丁力士"搞混
了。金庸先生《笑傲江湖》里黄钟公有一招叫"六丁开山"，其
实也是"五丁""六丁"搞混了。"六丁"从来没有开过山。

　　而戴敦邦先生画的《道教人物集》里的六丁神，就特别有意
思。戴先生当然知道六丁本来指的是六丁玉女，他大概也知道，

六丁神充当保护神的作用，甚至还有六丁力士的说法，为了调和这个矛盾，让更多的人接受，他就把这六位女神画成了六位女汉子！

五方揭谛

揭谛，本来是"去""去经历""去体验"的意思，读作gati，最常见的就是《心经》的最后一段："能除一切苦，真实不虚，故说般若波罗蜜多咒，即说咒曰：揭谛，揭谛，波罗揭谛，波罗僧揭谛，菩提萨婆诃。"可以说家喻户晓。

《西游记》似乎在不停地刷新神仙来源的下限：历史人物可以成神，比如李靖；编造的人物可以成神，比如二郎；山里的动物也可以成神，比如齐天大圣。这次继续刷新，什么历史人物，什么故事人物，什么动物，都统统弱爆了，揭谛，只靠一个译音，就可以成神！

揭谛为啥成了神呢？应该和揭谛咒有关。常建有一首诗《题破山寺后禅院》："清晨入古寺，初日照高林。竹径通幽处，禅房花木深。"这寺在常熟。但是为啥叫"破山寺"呢，据宋代《中吴纪闻》的记载，故事是这样的：有个老头天天来听寺里高僧讲法。有一天，这高僧问他："你从哪里来？"这老头说："我不是人，是龙。"立即现出原形，高僧吓了一跳，赶紧诵揭谛咒，于是召唤来揭谛神，与龙大战。这龙败走，将山冲开一条口子。这山从此就改名为"破山"，山上的寺庙也就改叫破山寺了。

由此也可以知道，最晚到宋代，揭谛咒就是召唤揭谛神的咒语了。

那么揭谛咒的内容又是什么呢？其实就是《心经》的最后这一段："揭谛、揭谛，波罗揭谛，波罗僧揭谛，菩提萨婆诃。"揭谛咒除了能召唤揭谛神，还有个用处，就是给人使坏，也可以说是避免人杀生。比如见到撒网捕鱼的，只要向他倒着念揭谛咒（诃婆萨提菩……谛揭），七遍就可以使他这一天一条鱼都逮不着。这跟今天"猪是的念来过倒"的把戏其实是一样的。

揭谛咒里不停地出现"揭谛"两个字，那人们自然就会编出一个揭谛神来。这是非常正常且合理的事情。宋代流行于南方的瑜伽教，是混合了佛教密宗和道教的一个民间宗教，就堂而皇之地供着揭谛神。

那《西游记》里"五方揭谛"又是什么呢？他们都叫什么名字？

我发现，《西游记》中常活动的有一个"金头揭谛"。市面上《西游记》很多版本里，还有个"银头揭谛"。这个银头揭谛，出现在和黄眉怪的战斗里：

> ……娄金狗、胃土彘、昴日鸡、毕月乌、觜火猴、参水猿、井木犴、鬼金羊、柳土獐、星日马、张月鹿、翼火蛇、轸水蚓，领着金头揭谛、银头揭谛、六甲、六丁等神、护教伽蓝，同八戒、沙僧，不领唐三藏，丢了白龙马，各执兵器，一拥而上。

这就会使人误解，以为金头揭谛有个兄弟是银头揭谛，这其实是后来的版本乱改的，世德堂原本明明白白写的是"水头揭谛"！

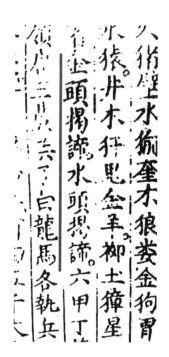

世德堂本《西游记》的金头揭谛、水头揭谛

　　有了"金头揭谛"和"水头揭谛"，就好理解了。按照国人五方配五行的习惯，剩下那三个，很有可能就是火头、木头、土头揭谛。假如是金头揭谛、银头揭谛排列的话，难道后面还有铜头揭谛、铁头揭谛、锡头揭谛吗？可见，如果深入研究一部古籍，从头到尾花工夫通校一遍，可以发现许多隐藏的问题。

　　另一部稍晚的小说，《三宝太监西洋记》里似乎沿用了金头、银头揭谛的说法，还给剩下的三个编了名头：摩诃揭谛、波罗揭谛、波罗僧揭谛。波罗僧揭谛是"七长八大的一个天神""手拿一个金刚钻"。然而，这几个名字，无论如何是不合五方揭谛特点的。而且《三宝太监西洋记》似乎刻意回避这一点，凡是提到五方揭谛，一定含糊这几个名字；凡是说了这几个名字的，一定含糊他们代表哪一方。可见《三宝太监西洋记》的作者，心里也是犯二乎的，后面那三个，可能是根据揭谛咒硬凑的。

十八位护教伽蓝

伽蓝，指佛寺，也指佛寺的护法神。伽蓝有十八位，分别是美音、梵音、天鼓、叹妙、叹美、摩妙、雷音、师子、妙叹、梵响、人音、佛奴、颂德、广目、妙眼、彻听、彻视、遍视。

伽蓝本来是印度的神，到了中国大陆之后，总有点水土不服，老百姓既不知道叹妙、叹美是什么意思，也不知道他们长什么样。所以《西游记》里，十八位伽蓝经常一起活动，很少单独出现。唯一一次单独活动，是在黄风山上，护法伽蓝变成了一户人家，给孙悟空治眼睛，但也没说具体是哪位。这正说明，这十八位，其实在老百姓心里是没有什么地位的。

伽蓝是护法神的通称，所以，中国老百姓在这十八伽蓝之外，编造自己的伽蓝神，当然是合情合理的。

第一位赫赫有名的伽蓝神，就是关羽，在北京雍和宫等庙宇都可以看到。关羽在大殿的侧面，有一个位置，有时候叫伽蓝殿，有时候叫护法殿，相当于寺庙的保安室，而关羽就是保安大队长。

关羽为何会成为伽蓝？这是他死后，佛教对他的拉拢。

关羽生前，战功赫赫，结果死不得其所。这样的人物，是最容易被建庙祭祀的。一方面是向他乞灵，另一方面也是怕他厉鬼作祟。一来二去，佛教看中了这个"人才"，就说他死后灵魂皈依佛法。然而这样一位武功高强的将军，他在佛教能干些什么呢? 当然是去当保安队长最合适啦!

关羽在佛教干保安队长, 这个历史很长。致使明清以后, 人们提到伽蓝神, 就以为专指关羽, 反倒把那十八位忘记了!

伽蓝这个职务, 也有统一招聘和单位自主招聘一说。十八伽蓝, 就属于原班底, 但大家都知道, 标配的往往不好用。关羽伽蓝, 就属于中土人士自聘的, 渐渐也成为标配了。

中国宗教是最宽容的, 不但接纳标配, 也容许自主招聘, 不同的寺, 都可以招聘自己的伽蓝。假如这位伽蓝混出了名声, 还可能会被别的寺聘用。

南朝梁昭明太子萧统, 编过《昭明文选》, 他曾支持过密印寺, 所以密印寺奉他为伽蓝, 塑像供奉。有此待遇的, 还有他的老师沈约。

天台山的寺院, 伽蓝神是王子乔。他本是一位道教神, 五代时, 被封为玄弼真君。不知为何被弄到佛寺里来当伽蓝。

苏东坡当过杭州高丽寺的伽蓝。据说苏东坡在修建西湖苏堤的时候, 需要拆除高丽寺的一部分建筑。于是他就在佛前发愿: 死后要做这座寺的护法。他死后, 人们就把他的像在寺里供奉起来, 据说相当灵验。明代有些人觉得苏东坡这样一位大名人, 当保安实在屈才了, 就把他搬出了伽蓝殿, 另外供养。谁知立马就不灵了! 1996 年, 杭州高丽寺遗址出土了一尊石像, 据考证, 这就是当年的伽蓝神苏东坡!

宋代大书法家米芾也当过伽蓝。镇江有一座鹤林寺, 米芾曾说:"我死后, 要到你们寺来护法。"他死的那一天, 鹤林寺的一尊伽蓝神忽然倒在了地上。于是大家都认为是米芾代替这位伽蓝来护法了, 就把他的像塑在寺里, 当作伽蓝神来供奉。

离我们时代较近的一位著名的伽蓝，是明朝的祝枝山。《新搜神记·神考》记载："……今为寺中伽蓝神，奉香火之荐焉。似此则伽蓝乃祝枝山也。"袁宏道《纪梦为心光书册》："壬寅秋，余梦入一庵，有釜十五，白粲如丘积。问之，曰：'王路庵也。'一碑上载祝枝山为此庵伽蓝，梦中了了识其文，醒不记也。"

此外，还有许许多多的伽蓝神。比如紧那罗、灵显夫人，甚至当地的某个普通小姑娘，因有些敬重佛法的事迹，死后也被搬到伽蓝殿。总之，中央大殿供三世佛，这个一直是不变的，但侧面伽蓝殿，执行的是统战政策——不管是印度的神还是中国民间的神、道教的神，甚至中国历史上的文人武将，都可以收纳进来。这样算一算，伽蓝绝对不止十八个！

四值功曹

最后谈一谈四值功曹。

四值功曹，本来是道教所信奉的值年、值月、值日、值时的四个神。功曹一直是一个小官，汉代郡守有功曹史，简称功曹，除掌人事外，也参与一郡的政务。北齐后称功曹参军。唐时，在府的称为功曹参军，在州的称为司功。道教人士喜欢借用人间官职来造神，所以也给神界配了这样一个官职。

向玉帝报告人间发生的事情，是神界功曹的本职工作。所以，明代民间的彩绘木雕功曹，一般手里都拿着文书。

其实我们每个人都做过"日值功曹"，就是学校里的"值日生"，虽然只是打扫打扫卫生，但和"日值功曹"一样，都是每天做固定的事情。当然，我们还做过"值周生"，但周（即星期）

的概念是西方传进来的，所以道教没有"值周功曹"。

　　总的来说，十八位伽蓝是佛教神，六丁六甲和四值功曹是道教神，揭谛只能说是民间信仰中的神，而且既受观音差遣，也归玉帝管辖，这和民间信仰中观音与玉帝的关系正相似。所以《西游记》的民间特性，从给唐僧护驾的这三十几个小神仙来看也暴露无遗了！

黑熊怪，孙悟空的影子内阁？

黑风大王（李云中　绘）

《西游记》第十六回，金池长老贪图唐僧的袈裟，想烧死唐僧师徒，不料玩火自焚，所有僧房都着了火，只有唐僧睡的禅堂，由于悟空用了天庭的辟火罩而安然无恙。但袈裟被黑熊怪偷走了。

火烧观音院的故事，似乎出现得比较晚，因为早期西游故事中并没有记载，它的原型，也渺茫难寻，只能从史料里慢慢扒，但还真能扒出一些好玩的东西来。

佛衣会本是孙悟空的老案子

黑熊怪趁乱偷去了袈裟，偷就偷呗，还要广而告之，做什么"佛衣会"，怕人不知道？这可就怪得很了。这个佛衣会，大概是从早期西游故事里的"仙衣会"借来的。

朝鲜人学汉语的教科书《朴通事谚解》中，提到了元代的《西游记》（不是我们今天看到的《西游记》），对孙悟空的介绍是这样的：

> 西域有花果山，山下有水帘洞，洞前有铁板桥，桥下有万丈涧，涧边有万个小洞，洞里多猴。有老猴精，号齐天大圣，神通广大，入天宫仙桃园偷蟠桃，又偷老君灵丹药，又去王母宫偷王母绣仙衣一套来，设庆仙衣会。老君王母具奏于玉帝，传宣李天王引领天兵十万及诸神将，至花果山与大圣相战，失利。巡山大力鬼上告天王，举灌州灌江口神曰小圣二郎，可使拿获。天王遣太子木叉与大力鬼，往请二郎神领神兵围花果山。众猴出战皆败，大圣被执，当死。观音上请于玉帝，免死，令巨灵神押大圣，前往下方去，乃于花果山石缝内纳身

下截，画如来押字封着。

这里孙悟空大闹天宫的情节，基本都全了。与今天相同的有：花果山、水帘洞、铁板桥的名字；征讨孙悟空的几路天兵，即天王、木叉、二郎还有巨灵神；如来也有一个"押帖"。不同的是，压住孙悟空的不是五行山，而是花果山。还有一个情节，齐天大圣偷了王母的仙衣，要做仙衣会。

做仙衣会这个情节，不仅元代的《西游记》里有，元代或明初《西游记杂剧》里也有。杂剧里齐天大圣还有个老婆，是抢来的金鼎国的公主：

> （孙行者）我偷得王母仙桃百颗，仙衣一套，与夫人穿着。今日作庆仙衣会也。（下）
>
> （李天王上）小圣乃李天王是也，奉玉帝敕令，西池王母失去仙衣一套，银丝长春帽一顶，仙桃一百颗。不知被何妖怪盗去，着令某追寻跟捕，点起天兵往下方。

然后孙行者就对公主说：

> 我天宫内盗得仙衣、仙帽、仙桃、仙酒，夫人快活受用。
>
> （金女唱）【油葫芦】王母仙衣无分着，金灿烂光闪烁，多管是天孙巧织紫霞绡。（行者云）银丝帽子，丑的带了便可喜。（金女云）大圣，你且先戴一戴。你去玉皇宫偷得银丝帽，抵多少琼林宴颁赐金花诰。

也就是说，孙悟空去偷王母仙衣，是为了哄老婆开心。这本来是他的专利，可谁知到了今天的《西游记》里，居然被转手了。贼头变成了黑熊怪，孙悟空反倒成了理直气壮上门讨要的主人了。事实上，各种大圣故事里的猴精，也干过不少坏事，他们都是孙悟空的原型，只是今天《西游记》为了美化孙悟空的形象，把这些坏事都转嫁了。

黑熊怪文笔绝佳

这位黑熊怪，也保留了一些不俗的特征。例如他并不吃人，而且住的地方相当清雅：

> 行者进了前门，但见那天井中松篁交翠，桃李争妍，丛丛花发，簇簇兰香，却也是个洞天之处。又见那二门上有一联对子，写着："静隐深山无俗虑，幽居仙洞乐天真。"行者暗道："这厮也是个脱垢离尘，知命的怪物。"入门里，往前又进，到于三层门里，都是些画栋雕梁，明窗彩户。只见那黑汉子，穿的是黑绿纻丝祥袄，罩一领鸦青花绫披风，戴一顶乌角软巾，穿一双麂皮皂靴……

孙悟空一见这洞府，就说"这厮也是个脱垢离尘，知命的怪物"。纻丝，就是染色的丝织成的缎子。吴自牧《梦粱录·物产》："纻丝，染丝所织诸颜色者，有织金、闪褐、间道等类。"乌角软巾，更了不得，是一种古代葛制有折角的头巾，常为隐士所戴。杜甫的《南邻》诗："锦里先生乌角巾，园收芋栗未全贫。"这就是一副名士的做派。

况且这黑熊的文笔，也不是盖的。他给金池长老写的那封信，绝对四平八稳，不带一点妖精气：

> 侍生熊黑顿首拜，启上大阐金池老上人丹房：屡承佳惠，感激渊深。夜观回禄之难，有失救护，谅仙机必无他害。生偶得佛衣一件，欲作雅会，谨具花酌，奉扳清赏。至期千乞仙从过临一叙。是荷。先二日具。

侍生，是明清时书信里后辈对前辈的谦称。回禄就是火灾。这信居然是狗熊写的！所以清人有句批："既与东土相隔万里，定然书不同文，何况怪物乎？此帖却宛然唐风。大奇！大奇！"

所以作者对黑熊怪是很有好感的，他一不吃人，二不害人，交接的朋友，如苍狼怪、白花蛇怪，在一起谈论的是"立鼎安炉，抟砂炼汞，白雪黄芽"，看上去也不是什么吃人的角色。所以观音菩萨对孙悟空说："那怪物有许多神通，却也不亚于你。"以至于把他收为守山大神了。

黑熊怪是孙悟空的替代品

我们知道，观音把紧箍咒给了孙悟空，把禁箍咒给了黑熊怪。黑熊怪为何获得和孙悟空差不多的待遇呢？

这方面资料很少，我只能提出自己的推测。

在《西游记杂剧》以及《朴通事谚解》提到的《西游记》里，花果山都不在东胜神洲，而是在唐僧必经的西天路上。而且，这两个版本的西游故事，男主角都是唐僧，所以故事都是从唐僧从长安出发讲起的。

但今天的《西游记》更换了男一号，从唐僧变成了孙悟空，就把孙悟空出生的故事放到了最前面。这时，再把花果山放在"西域"的唐僧取经路上，就非常不合适了，所以，把花果山整个移走，移到一个和取经路线无关的位置，才能凸显孙悟空的独立性。况且，这个位置，也就是东胜神洲，本来也是齐天大圣信仰的发生之地，回到东胜神洲，也算实至名归。

但是，花果山从西天路上搬走之后，势必会留下一些痕迹，比如"仙衣会"。为什么不把"仙衣会"情节一起带去花果山呢？今天的孙悟空不也偷了蟠桃御酒仙丹了吗，多偷一件王母仙衣，又有什么关系呢？这个也好理解，他偷仙衣没有用！这是孙悟空形象提纯造成的。在早期故事如杂剧里，孙悟空偷仙衣，是为了宠他老婆的。但今天《西游记》里，作者刻意删掉了这些东西，于是，孙悟空偷蟠桃、御酒、仙丹都可以理解，但他本来就有一身盔甲，也没有老婆，还偷王母仙衣做什么？

然而，作者觉得"仙衣会"是个好玩的情节，不写可惜了，正好唐僧身上也有一件著名的袈裟，干脆借坡下驴，编一个黑熊怪盗袈裟的故事。这也造成了今天的佛衣会故事诸多不合理之处。比如，早期的猴精偷了仙衣，招呼左邻右舍的妖精来吃饭，合情合理，因为离天宫毕竟太远了。饶是如此，还有小神仙跑到天宫告了密。今天的黑熊怪，离观音院区区二十里路，还要招左邻右舍的朋友来吃饭，岂不是不打自招？

可以看出，黑熊怪是原始西游故事里孙悟空的一个替代品、一个分身，是替孙悟空留守在此，完成仙衣会任务的。所以书里对黑熊怪的描写，第一，是菩萨说的："有许多神通，却也不亚于你（孙悟空）。"第二，他的做派，和其他妖怪大大不同，仙风道骨，超凡脱俗。第三，他的住处黑风山，名字好像一般，但作者处处点染，"万壑争流，千崖竞秀""却赛蓬莱山下景""却也是个洞天之处"，一句差评都没有，待遇和花果山一样。这和后来的妖山妖洞，动辄"屹嶒嶙怪石，说不尽千丈万丈挟魂崖"，是完全不同的。尤其是"洞天"，作者很少用这个词形容妖精住所，这反倒和花果山相似了！

而且，这座黑风山，在《西游记杂剧》里是猪八戒的山头。也就是说，黑熊怪故事把老西游故事里猪八戒的某些元素，也借用来了。

需要注意的是，收服孙悟空和收服黑熊怪的地点是紧挨着的，这两个故事在书里也是紧挨着的。早期西游故事里，孙悟空偷仙衣，也是在这个逻辑上的位置发生的！

知道了这些，我们大概也可以理解，菩萨给黑熊怪一个箍儿的原因了。那就是，黑熊怪继承了旧故事里孙悟空的成分，兼吸收了一点猪八戒的成分，他的地位和孙悟空是有的一拼的。

火烧观音院的原型

先说西北师范大学郝润华先生的一个推测：火烧观音院的前半段，似乎与日本真人元开的《唐大和上东征传》有关。《唐大和上东征传》不是讲西游的，反倒是讲"东游"的鉴真大师应日本朝廷的邀请赴日弘法的经历。

这本书中记载了这样一件事：日本于宝龟八年（777）派遣唐使到中国报告鉴真大师逝世的消息，在扬州龙兴寺举行大法会纪念。这座龙兴寺曾经失过火，所有的房子都被烧毁了，唯独鉴真大师住过的房子没有被烧。

这场大火，貌似还很有名。日本僧圆仁有一部《入唐求法巡礼行记》也记录了，而且更加详细。说这座寺曾经起过一场大火，房子都烧着了，渐渐烧到法华院，有一位高僧灵祐，在法华院的禅堂里诵《法华经》，忽然院里刮起一阵大风，吹回了火，保全了禅堂，所以这座禅堂又称"回风之堂"。

这两段故事，和今天《西游记》里火烧观音禅院的故事有相似之处。此外，旧小说里也经常有类似故事，比如《太平广记》记载僧人法智，出门在外，走到一片荒草连天的漫洼野地里，忽然一阵大火，四周野草呼呼地烧了起来。法智急忙默诵观世音菩萨圣号，结果这片草地全都烧尽了，唯独法智容身的地方一点事没有。

晋朝有个叫竺长舒的，天天念《观世音经》，后来在吴中，城里失火，眼看着民宅一栋接一栋地烧了过来。竺长舒家正在下风头，他赶紧一心一意念《观世音经》，结果火头快要烧到他家时，一阵大风一下子把火头吹回，火就灭掉了。城里有几个小混混，听说竺长舒这么灵，很不忿，说："哪天咱们去点他家房子，看他是不是真不怕烧。"过几天晚上，这几个混混趁大风正紧，带着干柴火把去烧竺长舒家。结果堆好柴后，这几个混混围着房子转着圈点火，怎么点也点不着。折腾了一宿，也没点成。天亮竺长舒出来了，几个混混吓得赶紧磕头求饶。竺长舒说："我也没什么神通，只不过念《观世音经》，凡事就逢凶化吉。"

这几个故事，都有两个相同的特点：一是大火一起，别的地方都化为灰烬，有高僧坐镇的房子或地方烧不着；二是都有观音菩萨保护。灵祐和尚那个故事，虽然没有提到观世音，只说念的《法华经》，但我们只要知道赫赫有名的《观世音普门品》正出自《法华经》，就会觉得这事和观音姐姐也不是没有一点关系。尤其是竺长舒这个故事：住房独存、坏人纵火、坏人求饶，以及《观世音经》，这几个都全了。

其实《观世音普门品》里就有："若有持是观世音菩萨名者，设入大火，火不能烧。"当然，并不是说《西游记》就是从这几个故事里取材的——何况这火也不是念观音圣号才灭的，观音自己还保护不了她的"留云下院"，只是说，观音信仰历来和火灾中的奇迹有关而已。

一些小问题

火烧观音院的故事里，还有几个有意思的小问题。

1986版电视剧《西游记》，孙悟空见到黑熊怪，有这样一句台词："你这妖怪，是烧窑的，还是卖炭的，真个是黑得俊俏。"其实原著中是这样的：

> 行者暗笑道："这厮真个如烧窑的一般，筑煤的无二，想必是在此处刷炭为生，怎么这等一身乌黑？"

　　这里涉及一个名词，筑煤。光看表面意思，好像就是挖煤，其实这是个误解。筑煤是捣墨的意思。古代制墨，不是今天的墨汁，而是墨锭，这种墨锭是用松枝烧烟，烧出的灰称为煤。制成墨锭之前，要用杵捣细，称为"筑煤"或"捣煤"。墨上经常写"五万杵""十万杵"，这就是用杵捣墨的次数。清沈钦韩《宁国县志物产风俗序》："柏子榨油，松明筑煤。"明程嘉燧《古松煤墨记》："余博访烧松捣煤之法。"这都说的是制墨，而不是挖煤矿里的煤。

　　刷炭也与制墨有关。古代制墨，将松枝放在竹棚内燃烧，烧尽后，煤烟会附着在棚顶，刷取棚顶炭灰作为制墨锭的原料，故称"刷炭"。一般来说，古代的煤反倒多指这种煤灰，指今天的煤块是比较晚的事。

《天工开物》制墨中的"刷炭"（明崇祯刊本）

　　另外就是观音院的组织。我们看到，金池长老在观音院内部还是很有声望的，而且徒子徒孙众多。这座观音院，很可能就是所谓"子孙庙"。一般来说，禅宗寺院，分十方丛林与子孙丛林。十方丛林可以公开传戒，聘请高僧担任住持，寺产由僧团共管。子孙丛林不能公开传戒，但住持必由本寺僧人担任，即可以世袭，寺产为师徒私有，僧人可以自行收徒，徒又收徒，于是形成师祖、师父、徒弟、徒孙类似家族的支系，一个支系称为一个房头。所以《西游记》后文说此寺有"七八十个房头，大小有二百余众"，就是一个很大的"子孙丛林"。

猪八戒本来不是二师兄

第三号重要人物猪八戒，终于出场了！

今天的《西游记》里，猪八戒是二师兄，孙悟空是老大，沙和尚老三，但早先的排行，并不是这样的。

沙和尚本来是二师兄

朝鲜有一本汉语教科书《朴通事谚解》，记录了元代的一部《西游记》，里面讲到唐僧师徒四人，是这样的：

> 唐太宗敕玄奘法师往西天取经，路经此山，见此猴精压在石缝，去其佛押，出之，以为徒弟，赐法名悟空，改号为孙行者，与沙和尚及黑猪精朱八戒偕往。在路降妖去怪，救师脱难，皆是孙行者神通之力也。

这当然只是对原著情节的概述。但有意思的是，三个徒弟的顺序是孙悟空、沙和尚、朱八戒，和今天的不一样。

是不是作者随便那么一写呢？不是的，《西游记杂剧》里也是先收孙悟空，再收沙和尚，最后收猪八戒。

《西游记》里，孙悟空负责降妖除怪，伺候人跑腿的事断乎是不肯干的。沙和尚是唐僧的贴身侍卫，只有当唐僧身边只剩他一人的时候，妖魔袭击，他才出手。唯独猪八戒，工作内容很不固定：平时他得挑行李；孙悟空打妖怪需要帮手，他也得上；伺候唐僧的起居，也是他的活。这正是打杂"临时工"的角色。所以猪八戒在盘丝洞那一回，有这么一句话："三人出外，小的儿苦。"按说他这时已是"二师兄"，无论怎么算也不能说"小"。这句话既表明了他的"苦"，也正好透露了他本来排行的一点痕迹。

这里需要说的一点：我们印象中是沙和尚挑担子，这其实是1986版电视剧《西游记》给我们带来的印象。实际上在原著里，这个担子大多数时间是猪八戒挑的，最后他也是因为"挑担有功"，被如来封了个净坛使者。

降妖、牵马、挑担三者，孰贵孰贱？肯定是降妖＞牵马＞挑担。降妖就是领导的办公室主任，牵马就是领导的司机，挑担只能算作临时工。挑担这个活，在旅行中是最累人的，一般都由队伍中等级最低的人来干。所以在乌鸡国救活了国王，孙悟空就对猪八戒说：

　　"八戒，你行李有多重？"八戒道："哥哥，这行李日逐挑着，倒也不知有多重。"行者道："你把那一担儿分为两担，将一担儿你挑着，将一担儿与这皇帝挑。我们赶早进城干事。"八戒欢喜道："造化！造化！当时驮他来，不知费了多少力。如今医活了，原来是个替身。"那呆子就弄玄虚，将行李分开，就问寺中取条扁担，轻些的自己挑了，重些的教那皇帝挑着。

　　这里又临时收了一个国王当徒弟，孙悟空安排给他的活，不是去替沙和尚牵马，而是去替猪八戒挑担。

　　大概在明代以后的西游故事里，猪八戒就变成二师兄了。他为什么被"升职"了呢？

猪八戒的资本

　　猪八戒在师徒中的排名，本来是最后的。从西游故事的演化来看，猪八戒也是最后加入的。在较早的《大唐三藏取经诗话》里，就已经有了猴行者和深沙神——虽然这位深沙神还没有加入取经队伍，但已经是很有名的人物了——这时还没有半点猪八戒的影子。直到《西游记杂剧》时期，八戒才跑进了剧情里，而且很有意思，他是带着一个完整故事来的。

　　话说裴太公有个女儿，自幼许给朱太公的儿子朱公子为妻。不料朱太公家道中落，裴太公想悔婚。裴姑娘夜夜祷告苍天，要和朱公子在一起。不料引来了黑风山的黑猪精。他变化成人形，假冒朱公子，把裴姑娘骗到山里。这时唐僧师徒赶到。孙行者就把裴姑娘救出，自己变作裴姑娘，引猪精上当。孙行者把猪精打跑，不料猪精把唐僧摄走。孙行者无奈，想起猪精说过："别的都不怕，只怕二郎神细犬。"就请了二郎神来，放出哮天犬，把猪精捉获。最后裴姑娘和朱公子幸福地生活在了一起。

　　这种男女双方指腹为婚，男方家道中落，女方家长想悔婚，女孩子执意不肯而生出事来的情节，在元杂剧、明清小说里太多了！诸如《钱大尹智勘绯衣梦》《苏县尹断指腹负盟》等等。猪八戒变作了朱公子引诱裴姑娘，最终遭到降伏，裴姑娘和原男友喜结连理。这就是一个完全独立的故事，只要把降伏猪精的人换个名字，就可以拉到《西游记》里来了。

所以猪八戒和孙悟空差不多，他也是带着强大的演艺资本与取经剧组来谈判的。他虽然不像孙悟空那样有一堆龙套小弟，却带来了一个好剧本，这就是指腹为婚—悔婚—遭变—解决问题—情人团圆的经典剧情。这种剧情，放到哪里演都很叫座，完全可以独当一面。

而深沙神与孙悟空、猪八戒相比，就差远了，他的故事基本依托于佛教故事而存在，本土化的空间，既不如孙悟空，也不如猪八戒。所以猪八戒一来，他的地位必然下降。这个下降趋势，一千年以来一直存在，一直下降到1986版电视剧《西游记》，沙和尚去挑了担子，可谓降到极点了！

不妨这样看，孙悟空和猪八戒，因为各自都有原公司的班底，都参与了取经故事的控股。孙悟空不但控股，而且后来居上，控了一半以上，包括了原来的大股东唐僧让出的三成股份；猪八戒因为是带着一个小演艺公司进来的，也有一成股；剩下的一成，才勉强分给沙僧、白龙马，他们都是来打工的！所以取经路上，孙悟空戏份最多，其次是唐僧，再次是猪八戒，最后才是沙和尚和白龙马。作为对新股东的照顾，将猪八戒升为二师兄，是合情合理的事情。

猪八戒升为二师兄，还有一个原因，就是他天生的喜感。他和孙悟空正好是极端的一对：一个极瘦，一个极胖；一个灵活，一个笨拙。所以，孙悟空天天干的事，就是吃饭、睡觉、戏弄八戒。如果还把猪八戒派作老三，中间夹个不解风情的沙和尚，孙悟空就很难和猪八戒搭上戏，因为猪八戒需要看两位师兄的脸色行事，孙悟空也不好事事越级，直接拉猪八戒做事，那样置"二师兄"沙和尚于何地！沙和尚面对这位天天被戏弄的师弟，是罩着好呢？还是无视好呢？

夜读高太公

　　百回本《西游记》高老庄的故事里，仍然有裴姑娘和朱公子的影子在。只不过，小帅朱公子和猪精本来是两个人，在高老庄故事里，被作者捏为了一个人。"初来时，是一条黑胖汉，后来就变作一个长嘴大耳朵的呆子。"他变成了猪模样而遭高太公退婚，这和"家道中落"而遭裴太公退婚没有什么本质区别。有趣的是，《西游记》这段，把高太公的心理写得极出彩，可谓入木三分：

　　　　行者道："这个何难？老儿你管放心，今夜管情与你拿住，教他写个退亲文书，还你女儿如何？"高老大喜道："我为招了他不打紧，坏了我多少清名，疏了我多少亲眷；但得拿住他，要甚么文书？就烦与我除了根罢。"

　　呜呼，这最后一句话，寒夜间可以让后脊发凉！猪八戒对高太公有什么不好？对高小姐有什么不好？又何至犯下了死罪？猪八戒变脸之后，品格、能力又何尝发生了变化？这是变成猪脸了，尚有借口，假如他本是壮汉，忽然不幸病残了呢？高太公怎就如此下得狠心，就要除根？理由呢，并不是他女儿不幸福，竟是"坏了我多少清名，疏了我多少亲眷"。在高太公看来，这些竟比他女儿的幸福还要重要。世态人心，本来如此，哀哉！

所以后面作者借孙悟空之口，将他小小地申斥了一番：

那老高上前跪下道："长老，没及奈何，你虽赶得去了，他等你去后复来，却怎区处？索性累你与我拿住，除了根，才无后患。我老夫不敢怠慢，自有重谢。将这家财田地，凭众亲友写立文书，与长老平分。只是要剪草除根，莫教坏了我高门清德。"行者笑道："你这老儿不知分限。那怪也曾对我说，他虽是食肠大，吃了你家些茶饭，他与你干了许多好事。这几年挣了许多家赀，皆是他之力量。他不曾白吃了你东西，问你祛他怎的。据他说，他是一个天神下界，替你巴家做活，又未曾害了你家女儿。想这等一个女婿，也门当户对，不怎坏了家声，辱了行止。当真的留他也罢。"老高道："长老，虽是不伤风化，但名声不甚好听。动不动着人就说：'高家招了一个妖怪女婿。'这句话儿教人怎当？"三藏道："悟空，你既是与他做了一场，一发与他做个竭绝，才见始终。"行者道："我才试他一试耍子，此去一定拿来与你们看，且莫忧愁。"

孙悟空都看不惯了，说了高太公几句，而这高太公竟然还是不依不饶，只要斩草除根，全然不念旧日恩情、儿女幸福，还在那里口口声声"名声不甚好听""坏了高门清德"，所以孙悟空说："我才试他一试耍子。"其实高太公未能过关。

然而高太公的抉择，也是可以理解的，在明清社会，居住在乡村的一个家庭，并不能完全独立于乡村社会之外，名声、口碑依然影响着整个家族的形象。假如众人视你为异类，那就一步都行不通。"清名"尚且抽象，"疏了我多少亲眷"才是具体的着眼处。所以明清文学里那么多婚变的故事，往往都是家长和小情侣之间的价值判断有了分歧。

别说是古代，今天的小县城不仍然如此吗？在一个小县城里，很多时候，年轻人并不是为了自己而活，是为了亲戚、为了家长、为了熟人而活的。他们牺牲了很多东西，只是为了和"大家"一致，也就是那点儿所谓的"清名"。"清名"自然不同于"盛名""高名"。"清"，就是不要被人议论，就是不要被看作异类。这种无形的压力岂不够深够重？岂不知"异类"和"妖怪"，在某些语境下是同义词么！

另外，把朱公子和猪精写成一个人，正是会写故事的人的处理方法。因为百回本《西游记》里高老庄这一节，实在不宜节外生枝，再多出一个"朱公子"和"裴姑娘"的爱情故事来。这就和原著的风格不搭了。

这里多扯一句，孙悟空变作高翠兰，引诱猪八戒上当，这一桥段，古代小说也是到处用的。《水浒传》有一出"小霸王醉入销金帐"，写小霸王周通要娶刘太公之女，不料鲁智深藏在绣房帐中，将周通痛打一顿。乃是并无调情，一上来就开打。《说岳全传》里写牛通假冒赵王之女，藏在帐里，打死了强娶亲的镇南关总兵黑虎。两者都是这一路写法，但都不如《西游记》写得一张一弛，委婉多情，如闺中枕畔问答，1986 版电视剧《西游记》基本照实演了。

猪八戒的前妻

猪八戒其实是有前妻的，这个人，今天市面上的版本基本都写成"卵二姐"：

> 菩萨道："此山叫作甚么山？"怪物道："叫作福陵山。山中有一洞，叫作云栈洞。洞里原有个卵二姐。他见我有些武艺，招我做了家长，又唤做倒踏门。不上一年，他死了，将一洞的家当尽归我受用……"

"卵二姐"死了之后，猪八戒才去高老庄入赘，高翠兰是他下一任妻子了。

"卵二姐"该怎么理解呢？没有人讲得清楚。实际上这是清代以后版本犯的错误。这个字，无论在最早的世德堂《西游记》，还是《西游证道书》，还是《西游原旨》，清一色写的都是"卯二姐"。唯独到了一个很晚的本子《新说西游记》里，不知为何改成了"卵二姐"。今天市面上都沿用了这个错误，实在是不应该的。

世德堂本写的是"夘二姐"，"夘"是"卯"的异体字，并不是"卵"字，就像"柳"也写成"桺"一样。

这就涉及《西游记》一个隐藏的逻辑了，也就是这位作者或这一时期的作者，特别喜欢讲术数，讲五行配合。因为星命术认为，十二地支互有冲犯和合，故分为四组：申子辰合水，寅午戌合火，巳酉丑合金，亥卯未合木。而《西游记》以猪八戒属亥，配五行之木，如果用干支来给他配对，那只能配"卯二姐"或"未二姐"。这正是取亥卯属木、能相互和合之义。

　　但是，为何不是"未二姐"而是"卯二姐"？干支里卯属兔，未属羊。这里我很同意北师大李小龙先生的说法。嫦娥最有名的卖萌设备，不就是那只成天抱着的兔宝宝嘛，而猪八戒就是因为戏弄嫦娥才被贬下凡的。给他配个兔老婆，大概是天蓬元帅的嫦娥之梦在人间的降级以求。嫦娥抓挠不上，每天抱个兔老婆睡觉，也算是差强人意了！

八戒你山寨了！

《西游记》里有许许多多看似中规中矩、实则禁不住细想的事，比如猪八戒的"八戒"这个名字。

"八戒"是个什么鬼

猪精被孙悟空降伏之后带回了高老庄。唐僧一见面，就给他起了个名字，叫"八戒"，理由是：

> 悟能道："师父，我受了菩萨戒行，断了五荤三厌，在我丈人家持斋把素，更不曾动荤。今日见了师父，我开了斋罢。"三藏道："不可！不可！你既是不吃五荤三厌，我再与你起个别名，唤为八戒。"那呆子欢欢喜喜道："谨遵师命。"因此又叫作猪八戒。

现在问题来了：五荤三厌（也叫五辛三厌、五腥三厌）是什么？

五荤又称"五辛"，是佛教的饮食禁忌，一般指大蒜、小蒜、洋葱、葱、薤五种有刺激性气味的食物。当然，具体是哪五种，不同的典籍有不同的说法。道教也借用了这个词，如《洞玄灵宝道学科仪》，就明确说明"五荤"是不能吃的。

但"三厌"是道教自有的说法。道教认为，天上的雁有夫妇伦常，地上的狗有保卫家的用处，水里的乌鱼有忠敬之心，不准食用这三种食物，叫"三厌"。当然也有不同的版本。有些道教流派也是不戒肉的。佛教戒杀生，凡是肉就吃不得，何况是雁、鱼、狗？所谓"八戒"就是戒"五荤三厌"，假如不是故意这样解释的，就是这位作者完全不熟悉佛教戒律。

佛教里类似"八戒"的说法，倒也不是没有，那就是"八关斋戒"，又叫"八戒斋"，包括：不杀生、不偷盗、不非梵行、不妄语、不饮酒、不非时食、不化妆歌舞、不坐卧大床。

历史上，也确实有位叫"八戒"的和尚。他是李商隐的朋友，李商隐给他写过一首诗：

> 五色琉璃白昼寒，当年佛脚印旃檀。
>
> 藕丝织出三衣妙，贝叶经传一偈难。
>
> 夜看圣灯红菡萏，晓惊飞石碧琅玕。
>
> 更无鹦鹉因缘塔，八十山僧试说看。

这位八戒，住在四川金堂县的三学山。然而这是佛教的八关斋戒的"八戒"，而不是戒五荤三厌冒牌的"八戒"了。

那么猪八戒的"八戒"就是道教抄袭佛教？这也高估他了。真正的道教徒也讲"八戒"，他们所谓的八戒有两种。第一种是皈依三宝和五戒的合称：皈依道、经、师，加上五戒，即戒杀、盗、淫、妄语、酒（这一点也是从佛教抄的）。第二种是五戒，再加高广大床、歌舞、化妆，见于陆修静《受持八戒斋文》，这才是真正的道教"八戒"。

而管"五荤三厌"叫八戒，佛道二藏根本没有！

为什么呢？因为无论佛教、道教，一位真正的宗教徒所守的戒律，要涉及各种生活行为，比如戒杀、盗、淫、妄语、酒。这里的每一个，都是生活中的大题目！前面四个是根本戒，看上去简单，其实细想想，平常人谁守得住？你能不打个苍蝇，看看荤段子，说哪怕一句谎？所以，这五戒在佛、道二教，才是最根本的东西。猪八戒这"八戒"，看似有八条，说来说去，全是在嘴上找辙，无非是不吃韭菜，不吃蒜，不吃飞禽锅、狗肉煲、黑鱼汤，意思意思也就得了，这实在是极轻极轻的约束。

翻翻古书就会发现，天天念叨五荤三厌的，既不是佛教，也不是道教——人家的戒比这个重得多——而是民间人士！比如和《西游记》同时代的《涌幢小品》，就明说"五荤三厌"是"俗说"。民间端午插个艾蒿啦，搞个祭祀啦，就想起戒五荤三厌了。因为老百姓既戒不了杀生，也戒不了说谎，充其量只能在嘴上意思一下而已。所以猪八戒的"八戒"，是道教先借用了佛教内容，民间又借用了道教的称呼，真是个层层套娃的结构。

天蓬元帅和天河水军

猪八戒下凡前是天蓬元帅，同时又总管天河八万水兵。他为啥有这样一个官职，又为啥会去调戏嫦娥？这两点，学界的认识倒是很一致：第一，猪是主水的；第二，猪是好色的。

猪对应水的传统是相当早的。《周易》里就说"坎者，水也"，又说"坎为豕"，豕就是猪。同时，《史记》中"天豕"也是主管沟渠的。大禹治水，也有一头神猪来给他当向导。另外，十二地支的亥，属相为猪，也是配在北方水位的。

天蓬元帅作为真武信仰里的北极四圣之一（其他三位是天猷副元帅、真武将军和黑煞将军），也是北方之神，北方按五行属水，所以天蓬元帅也可以说是司水之神。道教有许多咒语，就是向天蓬元帅求雨的。

在古代的小说和志怪里，猪又很淫。比如牛僧孺的《玄怪录》就说，有一个猪精名叫乌将军，每年要给他进贡女子，否则就要降下风雨雷雹。

关于猪八戒的原型，大家讨论得倒是很多。比如《西游记杂剧》中，猪八戒自称摩利支天部下御车将军，而御车将军是摩利支菩萨的坐骑金色猪，来自印度佛经故事。敦煌的《大摩利支菩萨图》，就有一只猪头人身的神像，两手张开做奔走状。还有说猪八戒是本土猪精，比如上文乌将军。大概到了元代，这些形象就混合成猪八戒了。

关于猪八戒的选择题

假如我们给猪八戒定个性，下面哪个选项，最符合《西游记》原著作者的设定呢：

A. 好色　B. 贪婪　C. 懒惰　D. 愚拙

猪八戒最明显的特点，似乎就是好色。然而原著并没有这样说，面对女色的诱惑，原著永远只是说猪八戒"动心"：见了白骨精变的美女，"呆子就动了凡心"；见了嫦娥来收玉兔精，就"动了欲心"；见了女儿国的美女，"那呆子看到好处，忍不住口嘴流涎，心头撞鹿"；见了真真、爱爱、怜怜这种大考验，写的纵然是"淫心紊乱"，也只是紊乱了而已。突出的是一种当下性、被动性，是在一定的外部条件下产生的心理状态，而不是贴标签似的给猪八戒定性。

那么，《西游记》说猪八戒贪心吗？也不曾。懒惰呢？也没有。比如黄袍怪那一回，小白龙请求猪八戒去请孙悟空，也只是说："师兄呵，你千万休生懒惰。"着眼点还是"生不生懒惰"，而非你"是不是懒惰"。

其实这就看出《西游记》的高明之处了。我前面说过，今天这部《西游记》，对人心的见识，可谓透彻极了。那种理解之同情，也是温和极了。它既不成天吼着坚持什么，也不慷慨激昂地鞭挞什么。我们天天说的那些撑着劲的话，它都没有，它只是平静地、真诚地去面对人心多变这样一个事实。

我们经常这样评价别人：某某某可贪了。某某某可好色了。某某某可懒了。还免不了人前面后大加讨伐一番。从此，我们对某某某就存有厌恶之心了，原来的好感，慢慢被失望取代，渐渐与之形同路人了。

我们不但给别人贴标签，也会这样责备自己：为什么这么懒惰？为什么这么贪吃？为什么这么……对自己也生起厌恶之心了。

我们厌恶别人，厌恶自己，这种厌恶，慢慢笼罩在所有人的头上。于是，我们觉得世界无非是这些贪婪、好色、懒惰的集合。身边的人不好，自己不好，连整个世界都不好了。

其实，给别人和自己贴标签，是没有半点意义的，因为并没有抓住问题的本质——贪婪、好色、懒惰，都是在特定的条件下生出来的"心"，而不能说是本来固有的"性"。所以猪八戒见了菩萨变的美女，"色胆纵横"是真的；被惩罚后，他"羞耻难当""更加惭愧"，对唐僧说："从今后再也不敢妄为。就是累折骨头，也只是磨肩压担，随师父西域去也。"这话也是真的。美色在前，就生起淫心；严师在前，就生起惭心。很快，见到白骨精变的美女，他又"好色"了。我们决不可因此就说猪八戒心口不一，原著对他的评价只是"动了凡心"！这是多么宽容、厚道的笔墨！了解了这些，也就了解了我们自己，了解了我们身边的人，并非那样的不堪，很可能只是一时动了贪心、动了欲心、动了惰心。

我觉得传统文学的高明之处，就是总有一种同情的底色。《西游记》里的猪八戒，写尽了人的弱点甚至丑恶之处，可我们丝毫不觉得他有多么可厌：一方面，我们自己也有类似的弱点；另一方面，原著的笔墨，总是有一种温和、同情与友好。

原著的判词

然而《西游记》也绝不是和事佬，不但不会放任这些现象存在，而且追得更深。作者给八戒经常作的判词是什么呢？

八戒生得笨（第三十八回）、八戒生来粗鲁（第四十七回）、八戒无知（第五十五回）、呆子粗鲁（第五十五回）、八戒是个嘴头性子（第七十五回）、猪八戒村愚（第八十七回）、那八戒一生是个鲁笨的人（第八十九回）、八戒村野（第九十六回）。

　　这样的评语，其实是非常善意而具有佛心的，这比说八戒贪心、好色、懒惰高明多了！要知道，贪婪、懒惰、好色，都是基于社会关系上的。这几个标签抛出去，无疑是给人加了恶名。可粗鲁、笨拙则不然，它不涉及社会关系，只涉及人本身。任何文学或生活里，决不会因一个人笨，就把他一棍子打死。

　　况且，这评语是抓住了本质的！也不是贬低。因为原著在一定意义上，是把取经队伍当作一个修行的人来写的：孙悟空是人心智的代称，相当于我们用来思考的"思维脑"。猪八戒实际上就是本能的代称了——他很像我们大脑中的爬行动物脑和哺乳动物脑，它们通常是无意识和自发的。它们产生的是本能上的各种冲动。所以猪八戒所有的贪心、好色、懒惰，都是从这个无意识上生出来的。就像男人天生就自带看见美色就兴奋的能力，这不归他心智管的。关于师徒的这些分工和象征，后文还会提到。

　　所以猪八戒一直就是西游队伍里最有人气的人物，我们乐呵呵地看他，他也乐呵呵地对待我们，互相都不觉得讨厌。尽管我们知道，他身上有各种各样的不足。

　　然而，人类的本能就好色、就贪婪、就懒惰吗？也许一部分人这样认为，然后施之以批判之名，这就是对人性的"有罪推定"。当然，在西方基督教大文化圈的影响下，是可以这样讲的，我也不拒绝理解这种思路。但我一直说：我们东方的佛、道、儒三教，都是极温和且极宽厚的，讲的是：随缘而起、自然而生、从心而动，从来不要死要活地批判谁，或批判自己的心智抑或本能。当我们向同胞或向自己横眉立目地拔刀亮剑，致使双方都伤痕累累的时候，别忘了这伤口流出的，依然是东方人温和而宁静的血液！

乌巢禅师的《心经》密码

在高老庄收了猪八戒之后，唐僧师徒马上经过了一个奇怪的地方：乌巢禅师的浮屠山。

乌巢、鸟窠、乌窠、鸟巢

网上流传着一些说法，说猪八戒隐藏得很深，乌巢禅师也不是一般人，是如来或观音，甚至太上老君的化身云云，是他教给了猪八戒本事云云。其实吧，只要我们一看标题为"大揭秘""惊天秘密"之类的解读西游的文章，里面十有八九是这种阴谋论论调。当然可以娱乐一下，关键是个别朋友当真的听，这就不好了。

这位"乌巢禅师"的名字，有人解释成乌就是黑，巢就是窝，所以乌巢禅师就是黑窝老大等等。这就是太不了解这位禅师的来历了，因为他本来也不叫"乌巢禅师"，而是叫"鸟窠禅师"。

这个故事出自《五灯会元》，故事是这样的：

杭州有位禅师，见秦望山有一棵很老的松树，这位禅师就在松树上边搭了个窝，因为像个鸟窝，所以人称"鸟窠禅师"，又称"鹊巢和尚"。白居易任杭州太守时曾去拜访他，说："禅师住处甚危险。"禅师说："太守更危险。"白居易不解，禅师说："薪火相交，识性不停。"白居易又问："什么是佛法本意？"禅师说："诸恶莫作，众善奉行。"白居易笑了，说："这话三岁小孩都会说。"禅师说："虽然三岁小孩都会说，可就是到了八十老翁都未必做得到！"白居易大悟。

为什么《西游记》变成了"乌巢禅师"呢，这也很简单，就是"乌巢"和"鸟窠"两个字太像了，而且他本来也叫"鹊巢禅师"。辗转传写的时候发生了错误，所以，古书里提到这位禅师，什么"鸟巢禅师"（《陵阳集》）、"乌窠禅师"（《梦粱录》）、"乌巢禅师"（《杭州府志》），各种说法都有。其实都指同一个人。何以看见《西游记》里"乌巢"两个字就想到"黑窝"？这也太阴暗点儿了不是？咱们读名著，心里得越读越透亮，总不能越读越阴暗。

《心经》的传授

《心经》的地位，从翻译过来之后，就一路飙升。现在无论车挂饰、钥匙链、开光符都有它。据说现在文艺青年的三大做派，就是香道、茶道、抄《心经》。

很多朋友不知道佛教术语"色即是空"的意思，这里解释下：这个"色"指的不是女色，而是一个佛教术语，专指可以感知的形质。所以《心经》英译本直接翻译成 matter，就是物质的意思。"空"翻译为 voidness，是无效、空无的意思。如果大家觉得"色不异空，空不异色。色即是空，空即是色"不好理解的话，看它的英译本，这句话汉语直译过来是"物质和无效（空无）是没有区别的，无效（空无）和物质也是没有区别的。物质就是无效（空

无 ）、无效（空无 ）就是物质"——有没有一种量子力学的既视感！

这里需要解释一下：《西游记》一直管《心经》叫《多心经》，其实就是《摩诃般若波罗蜜多心经》的省称，但是规范的简称是《心经》或者《般若心经》。因为"波罗蜜多"是梵语音译，拆解成"波罗蜜"和"多心经"是不规范的，《多心经》是把"多""心"两个字连读了，但也不能说错了。因为唐朝的怀仁和尚，把王羲之的字收集起来，排成了一篇唐太宗的《圣教序》，最后就附上了玄奘法师翻译的《心经》，怀仁也管这篇经叫《般若多心经》。这事离玄奘大师去世不过短短八年时间，可见这个叫法早就有了。所以启功先生笑话怀仁，说他身为和尚，在佛学上反倒没学问。

其实敦煌出土的唐代文书就有"某人某人出钱抄《多心经》一卷"。唐代的郑预，清代的石成金等学者都曾注《多心经》，可见这个名字早就叫习惯了。这部经，属于《大品般若经》的一节，讲授了大乘佛教最基本的修行原理，所以《西游记》说"此乃修真之总经，作佛之会门也"。

《心经》并不是由玄奘大师第一个传到中国，南北朝时期的鸠摩罗什就已经翻译过《心经》了。但玄奘的译本出来之后，立即风行天下，鸠摩罗什翻译的就渐渐退出大众视野了。《西游记》中记载的就是玄奘法师的译文。

玄奘大师从天竺取回的经典都很重要，但是民间对这些经都不熟悉，所以只能把所有的神奇故事编到一部经身上。既然这部只有二百多字的《心经》在大众中流传这么广泛，玄奘大师又是这篇经的亲笔译者，民间很早就流传着关于这篇经的神奇故事，当然是最好的编故事对象。

经典也会被编故事

这里多扯一句：我国民间，对经典有一种特别神秘的情感。比如《孝经》，按说这是一部儒家经典，没什么可编的故事，谁知汉代以后这部书竟被编出了故事。

话说孔子写完《孝经》之后，抬手将笔轻轻簪于发际，慢慢步出庭院之外。七十二弟子不知何事，纷纷跟随。孔子渊渟岳峙，当门一站。七十二弟子便雁别翅排开。中间走出一人，正是曾子，左手《河图》、右手《洛书》，高叫一声："时辰已到，师父请了！"只见孔子一袭红衣飘飘，面向北极星拱手而立，长揖到地，一连三拜，只听得一声巨响，平地白雾四塞，满天星斗湮没无光。众弟子正在惊骇之际，便听得半空中传来一阵阵利刃破空之声，又好似龙吟虎啸，一条赤虹自天而降，垂到孔子面前。众弟子慌忙跪倒，只见孔子袍袖轻轻一挥，那赤虹便倏尔不见，地上只有一方三尺长的黄玉。

这是《孝经援神契》里的一段故事。和《心经》一样，《孝经》是儒家《十三经》里最短的经典。要知道越短的经典，越言简意赅，越容易被奉为一家学说的总纲，也就越容易被编故事。《左传》《礼记》这样大部头的书，虽然也被编了故事，但远不如《孝经》的故事这么神。

道经的祖宗，同时也是最短的经典《道德经》，也是被编出了故事，这个故事更有名。

关尹喜自幼习得道术，他管辖函谷关时，登上关城一望，见东方有紫气一道，直冲天空。尹喜大吃一惊，道："紫气东来，必有圣人出现，不可错过。"掐指一算，原来如此，便下城招来第二天守关的兵卒说："如果明天有一个老者，驾青牛，乘薄板车而来，切勿放他过去。"次日听得关下喧哗，果然见守关兵丁拦下青牛板车一辆，上坐一老者，白袍白须，九十岁开外。尹喜撩袍跪倒，口称："李先生，小徒接驾来迟！"将老者扶上城楼。老者笑道："我本欲西行流沙，再不返回中土，见你志诚，就留些文字与你罢！"尹喜连忙呈上笔墨。只见这老者刷刷点点，在两张素帛上一挥而就。一名《德经》，一名《道经》，洋洋洒洒，五千余字，掷下笔墨，大笑而去。尹喜按经书修炼，终成正果。

《孝经》《道德经》都有这么好听的故事，汉译最短的佛家经典《心经》焉能没有？《大唐大慈恩寺三藏法师传》就说，玄奘法师在四川的时候，曾遇到一位肮脏病人，玄奘对他多加照顾，此人就传授法师《心经》一卷。后来在取经的路上，过大沙漠时，无数恶鬼围绕，就是念观音圣号，也不能全部驱除，但只要一念《心经》，恶鬼就全都退散。

等到了宋朝的《太平广记》里，这个故事就发生在取经路上了，情节差不多：

话说玄奘法师往西域取经，正来到罽宾国地界。前方窜出无数虎豹，拦住去路。玄奘法师连忙躲入一间破房。忽然面前现出一位恶臭老僧，口授《多心经》一卷。玄奘连声诵读，一霎时门外万籁俱静，虎豹潜形，这才安心上路，到天竺取得真经而回。

所以，《心经》一直是玄奘法师的护身法宝。他一定要亲笔翻译（此前有别人的译本），甚至将这《心经》用金字写了，装在木盒子里，毕恭毕敬地呈给唐高宗。可见这部经在玄奘法师心中的地位了。

这三部被神化的经典，正是儒、道、释三教的简短经典，也正是三教的核心教义所在。所以，金元之际的全真教祖师王重阳，认为"儒门释户道相通，三教从来一祖风"，用三部经典教授弟子，指的正是《道德经》《心经》《孝经》。

在早期西游故事里，"传授《心经》"也是一个必选剧情，但把故事安排在了取到真经之后。《大唐三藏取经诗话》说师徒取到真经，一查发现唯独没有《心经》。返程时云中现出一位僧人，自称是定光佛，以《多心经》授给法师，说："授汝《心经》归朝，切须护惜。此经上达天宫，下管地府，阴阳莫测，慎勿轻传；薄福众生，故难承受。"

这一切都是围绕《心经》编的故事。这么重要的故事，明代的《西游记》岂能不演？

《心经》在《西游记》中的寓意

但是，问题来了：为何《西游记》把乌巢禅师授《心经》放在当不当正不正的这个位置？

我当然已不知作者用意为何，但可以这样推测：《心经》的神奇作用第一次出现，就是在《大唐大慈恩寺三藏法师传》（后简称《法师传》）中，第一次发生作用，也正是玄奘法师离开大唐国土，进入沙漠之时。《法师传》提到《心经》，也正是在玄奘法师进入沙漠之前。注意，原文是"至沙河间，逢诸恶鬼，奇状异类，绕人前后。虽念观音，不得全去。即诵此经，发声皆散"。我们看今天的《西游记》，也正是如此：从这时起，唐僧师徒马上要过的黄风山、流沙河，何尝不是沙漠的文学化呈现！所以把

《心经》放在这个位置传授，合乎《法师传》玄奘的本来路线，是合情合理的。

《西游记》里唐僧问乌巢禅师，"定要问个西去的路程端的"，于是禅师给他说了一段韵文，作为取经前途的预言。虽然这预言并没有完全涵盖未来的劫难，但总可看出，授《心经》是一个节点，真正的妖魔鬼怪，就要从这里开始了！

其实此前，唐僧并没有真正碰到过妖怪。出城在双叉岭上遇到的妖怪，太特殊了，几乎不能算。第一，我在前面考证过，这帮妖怪很可能是最晚添进去的，风格怪异，连八十一难难簿都没顾得上改通顺。甚至那个难簿上"双叉岭上第七难"，原来是不是指这件事都不好说！第二，这帮妖怪既没有把唐僧怎么样，也没有受到惩罚，这事又发生在大唐境内，所以不必算在内，此后收孙悟空，收白龙马，收黑熊精，收猪八戒，都不能算是遇到妖怪。黑熊精，他本来就是孙悟空的"善后办公室主任"，是完成"佛（仙）衣会"这个任务的，所以他也分到一个"禁箍咒"，当了守山大神了。我后面要讲的黄风山、黄风怪，是真正意义上西天妖魔的头阵。在踏入西方妖魔地域前，先学一篇《心经》是很有必要的！

乌巢禅师说"多年老石猴，那里怀嗔怒。你问那相识，他知西去路"。这句话，含义也是很深刻的。

第一，作为孙悟空原型之一的猴行者，他在早期西游故事里，更多的是向导而不是护法，从《大唐三藏取经诗话》就可以看出来。法师每到一处，猴行者都要讲解一番这里的情况。但并不是每个地方都有妖怪。

第二，百回本的《西游记》，有用取经队伍来比拟一个人的修炼的含义。孙悟空代表的是心智，猪八戒代表的是本能，唐僧代表的是修炼的人（姑且这样说，我后续还会讨论）。所以孙悟空一个筋斗十万八千里，一瞬间就能到灵山，但他不能背着唐僧飞过去。这暗示着我们要做什么事情，虽然心能到，但身体不能到，想得到和做得到是完完全全的两回事！所以我们也可以推测，为什么《西游记》要选乌巢（鸟窠）禅师来讲《心经》，因为正是这位鸟窠禅师道出了修行的本义："三岁孩儿道得，八十老翁行不得！"

所以这一路上，孙悟空不断提醒唐僧：

> 唐僧道："徒弟们仔细，前遇山高，恐有虎狼阻挡。"行者道："师父，出家人莫说在家话。你记得那乌巢和尚的《心经》云'心无挂碍；无挂碍，方无恐怖，远离颠倒梦想'之言？……你莫生忧虑，但有老孙，就是塌下天来，可保无事。怕甚么虎狼！"
>
> 忽听得水声振耳，三藏大惊道："徒弟呀，又是那里水声？"行者笑道："你这老师父，忒也多疑，……你把那《多心经》又忘了也？"唐僧道："我……至今常念，你知我忘了那句儿？"行者道："老师父，你忘了'无眼耳鼻舌身意'。"
>
> ……

这样的对话，我们只要翻一翻原著，就会发现一路上有很多。这暗示非常明显：当我们遇到困难的时候，该选择和自己身体中的谁去对话。

要是和本能对话，肯定就是："师父咱不走了""师父咱歇歇吧""师父咱散伙吧"。所以，肯定是和心智去对话，正是心智在不断地提醒自己："不要害怕！不要忧愁！不要退缩！你一定能到的，一定能坚持的！要相信心念的力量！"心智时不时还踩本能几脚："别瞎捣乱！"修行的人，正是在这样的不断提醒、鼓励下，才终于修成正果。

所以这就是百回本《西游记》又一处弹指神通般的精妙武功！原始史料《大唐大慈恩寺三藏法师传》里，有这么一个上佳的《心经》故事材料，但怎么用好，这就看各家讲故事的本事了！

刚才我说了，《大唐三藏取经诗话》里说，《心经》是去了西天，没取到，回来路上被定光佛传授了。然而就这么轻飘飘地一传授，根本没显示出它的地位。

《西游记杂剧》里，《心经》是放在各种经里一起传授的：

> 教弟子每般经装在龙马身上。〔行者云〕领法旨，我递，猪八戒、沙和尚接。《金刚经》《心经》《莲花经》《楞伽经》《馒头粉汤经》。

这里就插科打诨地把这个好资源浪费掉了。而在今天的《西游记》里，《心经》作为一个象征，一个师徒之间对话的话题，一个修行人和心智对话的共识，不断地提起。它把猴行者对唐僧实际路程上的向导，精微内力轻轻一弹，就变成了心智对修行者的向导。

虎先锋：你——看——我——的——脸

虎先锋（李云中　绘）

　　《西游记》的剧情，在四大名著里可以说是最程式化的了。唐僧取经一路上遇到的妖魔鬼怪，不计其数，看剧情无非是"刚擒住了几个妖，又遇见了几个魔"，不停地重复，就像陷入了一个循环程序：

Do Until 到达西天
　　打怪
Loop
　　取经

　　唐僧每到一座妖山前面，都要执行一下这样一个逻辑判断：悟空，你看前方高山，可是到了灵山大雷音寺吗？孙悟空总是说：早呢早呢。于是判断条件为假，进入循环，碰到一伙妖怪，继续执行打怪的指令。

　　但如此程式化的剧情，《西游记》居然写出了不枯燥的感觉，甚至每次我们都盼着看，下一场打怪是什么样子的。这就是高明！大到每座山大 boss 的设计，小到一众小妖，都有可圈可点之处。而今天某些不高明的写手，虽然一部长篇写了几十几百个故事，可看上去好像一回事。我想起唐代李德裕将文章比同日月，"虽终古常见，而光景常新，此所以为灵物也"。意思就是文章同太阳月亮一样，虽然天天见到，一点变化都没有，可是它们投下的光影却千变万化，这就是灵物和死物的区别。

　　这一讲的虎先锋，就是"光景常新"中的一位。

老虎精的变身术

　　如果不解释，可能大家都忘记有这样一位妖怪了。他是黄风山黄风怪手下的小妖，在原著里是黄风怪的先锋，也是他把唐僧摄到洞里去的。

首先声明的是，这座黄风山的归属权，从来就不确定。在《西游记杂剧》里，黄风山的主人是"银额将军"，虽然并没有说他是什么成精，但根据这个名字以及他上场时的唱词：

> 银额金睛锦毛遮，黑雾黄云罩洞斜。为我英雄多勇猛，太山深洞号三绝。某乃银额将军。这座山号曰黄风山。山高、洞深、路险，号曰三绝。山前山后，山左山右，无一人敢近我者。

不难判断，银额将军就是一只老虎精。可见他在早期故事——至少某些早期故事里，本来是黄风山的首领（《朴通事谚解》里的黄风怪，没说是什么成精），但百回本《西游记》的鼠精黄风怪一来，它就降为先锋了。可见造化不仅弄人，也弄妖，虎先锋是倒霉催的了。

这位虎先锋最大的特点，是法术很原始，我们看书里写他第一次出场：

> 说不了，只见那山坡下，剪尾跑蹄，跳出一只斑斓猛虎，慌得那三藏坐不稳雕鞍，翻跟头跌下白马，斜倚在路旁，真个是魂飞魄散。八戒丢了行李，掣铁钯，不让行者走上前，大喝一声道："业畜！那里走！"赶将去，劈头就筑。

然后他是怎样还击的呢？

> 那只虎直挺挺站将起来，把那前左爪抡起，抠住自
> 家的眼膛，往下一抓，滑剌的一声，把个皮剥将下来，
> 站立道旁。

他战败之后逃走，孙、猪二人"赶着那虎，定要除根。那怪见他赶得至近，却又抠着眼膛，剥下皮来，苦盖在那卧虎石上，脱真身，化一阵狂风，径回路口"。

这里说明一下，现在流行的版本，"眼膛"都改成"胸膛"了，这和我之前说过的"水头揭谛"一样，也是没有校世德堂底本，而是根据后代的本子印的。"眼膛"比"胸膛"效果好太多了，而且只有抠住"眼膛"才能"往下一抓"，抠住胸膛怎么"往下一抓"？只能往"两边一分"了！

早期西游故事《大唐三藏取经诗话》里，猴行者与玄奘法师遇到了白虎精，白虎精变作妇人，被猴行者识破，于是妇人"张口大叫一声，忽然面皮裂皱，露爪张牙，摆尾摇头，身长丈五"。这个变形，是从脸部开始的。

《太平广记》里有一个故事《易拔》，说晋朝的豫章郡有个小官叫易拔，趁轮岗间隙回了家，谁知他这一回就一直在家待着，死活不回来上班了，上司急了，说："怎么这年头人人不想上班？"就派了个人到他家去催，一看，易拔和平时也没什么不一样，还给客人摆饭款待。来人说："你赶紧上班去，上司都等急了。"易拔半天没言语，忽然把脸伸过来，幽幽地说："你～看～我～的～脸～啊（汝看我面）。"这人抬头一看，只见易拔眼角

渐渐裂开，一道道裂纹逐渐在他脸上蔓延，而且泛出可怕的黄斑色！这人大叫一声，吓昏在地，易拔就化作了一只三足大虎，从此蹿入山林，再也没有出来。

所以，这里的"你~看~我~的~脸~啊"，明显就是今天鬼故事类似情节的远祖。今天很多鬼故事比如"不要看我的脸""没有脸"，同书还有个故事《王用》，也是这样的：王用背对他老婆不停砍柴，怎么喊他也不回头，突然一转脸，已经变成了老虎。其实都是通过脸部的变异表现恐怖的。

再比如高畑勋《平成狸合战》就有这个情节：一个倒霉蛋碰上了狸子变的无脸女人，进入超市躲避，谁知超市里这些人也都是狸子变的……"你看到一个没有脸的女人，是不是像我们这样啊……"

当然，举例的几个故事是人变虎，虎先锋故事是虎变人，但效果都是一样的。这虎精用前爪抠着眼眶一撕，这种恐怖的既视感，比起脱衣服似的抠着胸膛来，谁强谁弱？当然是前者好了。这里虎先锋抠眼眶，其实就相当于告诉读者："你~看~我~的~脸~啊。"这就是《西游记》做的视觉特效！

原文还说：虎先锋把虎皮剥下来，露出"血津津的赤剥身躯"，这使我想起《盗墓笔记》里第一章出现的那个血尸："老三仔细一看，顿觉得头皮发麻，胃里一阵翻腾，那分明是一个被剥了皮的人！浑身上下血淋淋的，好像是自己整个儿从人皮里挤了出来一样。"所以从抠着眼眶，撕下虎皮，到露出血津津的身躯，这都是一脉相承的。

老虎精的进化论

我们还发现，这位虎先锋是不会"掐诀念咒，摇身一变"的，这更说明了它的低级妖怪属性。

要知道，妖怪世界，也是符合进化论的。判断一个妖怪是在进化的低级阶段还是高级阶段，第一是看他会不会变化人形，第二是看他变化人形的时间，第三是看他会不会念咒。

《西游记》里的妖怪，大部分是妖怪进化的高级阶段。但我国上古时代的"妖怪"不是这样的，"妖怪"最早的意义，是指反常的现象。比如说"宫中数有妖怪"，说的是王宫里经常闹些奇怪现象。在遇到虎先锋之前，唐僧师徒三人还到一个农户家借过宿，借宿的时候，老农害怕孙悟空的长相，孙悟空说：倘若府上有什么丢砖打瓦，锅叫门开，老孙便能安镇。

这种就是最原始的"妖怪"。他们顶多是刚进化成"动物"，会动的物，连形象都还没有。大批妖怪学会念咒，是宋代以后的事，这就是妖怪的进化。这位虎先锋的变身，穿上皮就变老虎，抠下来就变人形。他只能这样抠来抠去，而不是掐诀念咒，用一句话形容就是"衣冠简朴古风存"。而且这种靠动物皮来变身的情节，正是宋代以前动物精怪故事的特征。这样的故事太多。比如有一个《乌君山》的故事，里面就讲了一群乌鸦精，他们就靠穿上乌鸦皮变身，平时不用的时候，一家子的乌鸦皮就像晾衣服似的，一件件挂在衣撑上。

关于妖怪的进化学和分类学，是一篇大文章，可以专门来讲。总之，江山代有妖怪出，各领风骚数百年，《西游记》里的虎先锋，其实已经被时代抛弃了。

老虎精的尊严感

这位虎先锋，大概因为是古老的妖怪，似乎跟不上形势，他不知道孙悟空的名头，见了孙悟空，竟然说：

> 你师父是我拿了，要与我大王做顿下饭。你识起倒，回去罢！不然，拿住你，一齐凑吃，却不是"买一个又饶一个"？

这好像是西天路上，唯一一个身为小妖而敢向齐天大圣呛声的！在西天路上的小妖里也算是一朵奇葩了！

究其原因，当然是我上文讲的：他的前身银额将军，本来就是黄风山的老大，虽然在今天的《西游记》里被黄风怪压了一头，终究还有那份大王的派头。我们看一些机关单位里有点年纪的人物，就是这样一副样子。他们向新人吹牛，向外人呛声，但他们的回忆，无非是旧日的辉煌。但可惜，一个人，哪怕是一个妖怪，长期不接受新信息、学习新知识，就只能生活在自己的世界里。

所以孙悟空打上门来，虎先锋居然不知道他的名头，还一个劲儿地要出战，黄风怪和他说的话也很耐人寻味：

> 那洞主惊张，即唤虎先锋道："我教你去巡山，只该拿些山牛、野彘、肥鹿、胡羊，怎么拿那唐僧来！却惹他那徒弟来此闹吵，怎生区处？"先锋道："大王放心稳

便，高枕勿忧。小将不才，愿带领五十个小妖校出去，把那甚么孙行者拿来凑吃。"洞主道："我这里除了大小头目，还有五七百名小校，凭你选择，领多少去。只要拿住那行者，我们才自自在在吃那和尚一块肉，情愿与你拜为兄弟；但恐拿他不得，反伤了你，那时休得埋怨我也。"

从这段对话，也可以看出，这位虎先锋和黄风怪关系很奇特。这正是新老大和旧老大之间该有的态度！其实黄风怪也是老妖怪。在《朴通事谚解》里他就出场了，和银额将军所在的《西游记杂剧》是两个故事系统。但是，今天的《西游记》，黄风山只能写一个老大，结果是黄风怪压过了虎先锋。黄风怪为何能压过他，第一，虎先锋的法术太陈旧。当妖怪界引入佛教、道教等各种掐诀念咒的技术之后，虎先锋居然仍然死抱着那身虎皮抠来抠去不放，这都是几百年前的技术了！第二，黄风怪的法术确实过硬。黄风怪的技术我们下文详细讲，黄周星这里有一句评语："鼠大王倒有虎先锋。从来只闻狐假虎威，不闻虎奉鼠命。"

因为黄风山领导层是经过竞聘上岗的，所以我们看黄风怪和虎先锋并不和睦。黄风怪居然说：你胜了，我们拜为兄弟；你败了，伤了命，不要埋怨我。

拜为兄弟，对普通小妖而言，当然算很高的奖赏。通天河那一回，有个斑衣鳜婆因为给鲤鱼精出主意，鲤鱼精捉了唐僧后就和她拜为兄妹，但斑衣鳜婆自普通小妖而骤升义妹，当然得其所赏。虎先锋已是先锋，拜为兄弟有何殊荣可加？岂不是震主之威，不赏之功吗？而败了呢？黄风怪居然明言，我不罩你。呜呼，黄风怪其居心可知！倘若虎先锋有一点头脑，他就该觉察到，这一战，是多么地悲壮！

然而虎先锋对自己的处境竟茫然无知，他道："放心，放心！等我去来。"带了五十个精壮小妖，腾出门来。当然是打不过猴哥的，几下就败了！但是原著却给他赋予了一份别的小妖都没有的尊严！别的小妖败了就败了，逃回去叫嚷"大王，祸事了""大王救命"而已。他出阵之前，已说了大话，所以败阵之后竟然不肯回洞，而是落荒而走，"径往山坡上逃生"。这就是妖怪也有尊严，为自己行为负责到底——当然也可以理解为对老大的绝望。结果：

> 八戒忽听见呼呼声喊，回头观看，乃是行者赶败的虎怪，就丢了马，举起钯，刺斜着头一筑。可怜那先锋，脱身要跳黄丝网，岂知又遇罩鱼人，却被八戒一钯，筑得九个窟窿鲜血冒，一头脑髓尽流干。

呜呼！过气的老将军死在战场，过气的老妖怪死在本山，可谓死得其所矣！我若是在当年的黄风山上，当为这虎先锋亲酌一杯酒！他法术落后，身份老旧，前有实力悬绝之强敌，后有忌刻冷酷之新主，面对日新月异的妖怪界，他无心也无能力去改变自己了。我想起了电影《老炮儿》。虎先锋和我们身边很多人真的很像，他担荷了所有被淘汰的老妖怪的悲凉！

老虎精的解剖学

老虎精，能在虎与人之间变化，那么到底是人形披虎皮呢，还是虎形披人皮呢？翻翻古代笔记里收的各种故事，似乎可以发现：老虎修炼成人，是外面穿一层虎皮，脱了就变成人。人变的老虎，反倒是外面一层人皮，脱了就变成老虎（这个是我读书的感觉，未经严格考证）。用这个规律去看《大唐三藏取经诗话》里的白虎精变的妇人，恐怕她原来是人，后来变成老虎了。

　　所以古人寓意实在太深刻了！人堕落为禽兽，关键在内心变化，而不是外形变化。可见平时所见某些道貌岸然的人物，要么窃据高位，要么贵为要员，要么把持清要，而行禽兽之行，其内心正不知去于禽兽几许！而禽兽修炼为人，也正是内心一念之仁。孟子说："人之异于禽兽者几希。"真是精辟极了！

"技术流"妖精黄风怪

灵吉菩萨（李云中　绘）

我说虎先锋曾经做过黄风山的老大，但是，为何最后黄风怪占领了山头呢？当然，这很可能是不同西游故事系统的合流，而黄风山只有一座。作者为何没有给虎先锋另安排一座山，而是只让他当了黄风怪的小妖；原因有两个：第一，虎先锋太老，法术都是过时的，就只会抠来抠去；第二，黄风怪的法术高精尖，他虽然也是元末《朴通事谚解》里就有的老妖怪，但凭着过硬的法术，占了黄风山的老大，还让孙悟空吃了大亏。

黄风怪的法术叫三昧神风。原著借伽蓝变化的老者，对孙悟空说：

> 长者道："……他叫作'三昧神风'。"行者道："怎见得？"老者道："那风，能吹天地怪，善刮鬼神愁。裂石崩崖恶，吹人命即休。你们若遇着他那风吹了呵，还想得活哩！只除是神仙，方可得无事。"

有学者说，黄风怪是沙漠上黄风的形象化，这一回体现了唐僧师徒战天斗地、征服自然的意志。当然，我也说过，按玄奘法师当年取经的路线，这里临近"沙河"，也就是该进入沙漠了。在沙漠附近出现黄风怪当然是可以的。但是否为了体现征服自然的意志就很难说，因为原著里明说黄风怪的法术是"三昧神风"。

什么是三昧神风

熟悉三昧神风的人不多，知道"三昧真火"的人估计很多。这里多扯一句，有人说太上老君的私生子（或外孙）是红孩儿，理由是他俩都会"三昧真火"。这就是明着欺负人了！欺负个别朋友只看过电视，没看过原著。原著根本没说太上老君会三昧真火！只有 1986 版电视剧《西游记》演到孙悟空快出炉的时候，太上老君来了一句："徒儿，待我用三昧真火炼他！"然后太上老君升座，作了一通法。这在原著里根本没有！原文是"与老道领去，在八卦炉中，以文武火煅炼"，"文武火"是纯粹的道教术语，而"三昧火"的版权堂堂正正属于佛教，道教盗版了，顶多喜欢加个"真"字。就像"金庸著"和"金庸新著"一样，其实《西游记》也混用。这个我在讲红孩儿的时候会提到，道教是如何把这个版权偷来的。

这里还要声明一句，我所说的，也只是推论，绝不会说"给你揭开惊天秘密"这样的话。因为作者长已矣，我们只能从文中的蛛丝马迹来推测。但有一点是肯定的：了解的佛教、道教背景知识越多，推测就越合理。只是单看《西游记》一本书，那就只能推出私生子、阴谋论了。这些讲法，口口声声说尊重原著，如果真的尊重，能讲出个一二三，也叫人佩服，但只要碰上讲不通的地方，就偷偷拿 1986 版电视剧《西游记》来冒充，或故意引导大家往连续剧上想——反正原著一百来万字，多数人也不会认真去查对，熟悉电视剧的人倒不少。这就叫不讲江湖规矩。

这个"三昧神风"，我推测，是从佛教禅定的"风三昧"演化过来的。

无论是佛教的禅定还是道教的内丹修炼，都是用特定的方法，进入一种非同寻常的心理状态。然而这种训练，就像手机刷机一样，刷得好升级换代，刷不好死机歇菜。道教内丹术描绘过一些图景，假如修炼到一定的程度，眼前就会出现白光、闪电，耳中出现鸳鸣，口中会感觉到甘甜的滋味……这些对于修炼者而言，都是真实的感受，假如大家还不能理解或接受，就姑且将其理解为一种幻觉好了。佛教的禅定也是这样的，这种修炼，会引导人进入"三昧"的状态。

三昧是梵语samadhi的音译，又译作"三摩地"，意思是"定"。"三"是 sa 加一个 m 的闭口的译音，并不是数字三。我们本土人士不懂这一点，煞有介事地说什么心为君火为上昧，肾为臣火为中昧，膀胱为民火为下昧。这种笑话，就像《朝野佥载》里说的"东告东方朔，西告西方朔，南告南方朔，北告北方朔，上告上方朔，下告下方朔"一样。网上有人还说"三昧真火"，那估计就是孜然味、香辣味、奥尔良味三昧了！

关于"风三昧"，很多佛经都讲到，说法也各个不一。这里只讲一个比较贴近《西游记》含义的，即《治禅病秘要法》中的说法。这里有些名词是佛教专有的，我只是用浅显的话来讲，请大家忽略其中的细微差别。

修行禅定的人，很可能因为几种原因发狂，一是乱声，二是恶名，三是利养，四是外风，五是内风。这些外因，都可以导致修行者进入各种幻境，其中就有地、水、火、风四种"三昧"，会见到身陷山绕、身化水流、身被火烧、身遭风吹等幻境。这些幻境都需要用专门的方法治疗。

修习禅定的人，如果进入了"风三昧"，情景是这样的：他会看见自己变作了一条九头龙，每一个龙头，都有九百个耳朵，无数张嘴。这九头龙身上的毛孔、耳朵、嘴巴，都像巨大的山谷一样，能吹出剧烈的猛风。碰上这种情况，应该赶紧救治。

救治内风的办法，是修行者要想象自己的身体，化作一尊金刚座，金刚座的四面生出四只金刚轮，金刚轮把这猛风托住。每只金刚轮上，又生出七朵金刚莲花，每朵莲花现出一尊佛像，手拿水瓶浇灌自己。浇灌的时候，金刚座上便现出一条六头龙，摇头摆尾，将猛风一一吸尽。于是四面八方的风，恬静不动。此时，就见到七佛和四大声闻弟子前来说法。

这种就可以理解了，黄风怪所吹的"三昧神风"，其实就是禅定中所谓"内风"和"风三昧"的文学化呈现。所以黄周星在这一回的总评里说："鼠妖之风，冠之以神，又冠之以三昧，一吹而散吾身外之身，再吹而伤吾身中之眼。虽以心猿之神通，亦束手无可奈何。必待此妖之漏言自供，而后乞灵于正南之灵吉以定之。风之为害，一至此乎！"

既然禅定中有风魔作怪，那么自然就有定风的办法。所以刚才这段，就是用想象金刚座、六头龙以及佛、声闻弟子说法来救治的。这条六头龙，毋宁说就是灵吉菩萨飞龙杖的原型。

百回本《西游记》的一个主题或部分主题，是借取经故事来讲一个人的修炼的，并不是或很少是为了体现唐僧师徒征服自然的意志的！就是历史上的玄奘法师，他也未必想过征服自然，而是想赶紧走过这些倒霉地方，取到学到佛典。"征服自然"这种提法，"战天斗地"这种激情，是二十世纪才大行其道的。这回的回目已经说了"须弥灵吉定风魔"，以魔比风，正是佛道二教修炼的经典提法。

清代汪学金有一首诗，就是讲修炼的感受的：

默诵黄庭是秘传，内功渐次弗唐捐。轮生月魄初三体，珠定风魔第四禅。

《治禅病秘要法》里说，降伏风魔的办法，是先想象自己化为金刚座，而金刚座另一个名字正是"须弥座"。更重要的是，禅宗本来就有"如须弥山八风吹不动，千古镇常安"的熟语，这就是对著名的"云门须弥"公案（见元行秀《从容庵录》）的演绎。

"如须弥山八风吹不动，千古镇常安"是我们中土的表述方法，那它的本源又出自哪里呢？这就是《大智度论》讲菩萨行的六波罗蜜著名的一段："譬如须弥山，四方风吹所不能动。如是种种相，是名精进波罗蜜。"总之，佛教里的须弥山都是不被"业风"吹动的稳固的象征。大家就能明白，为何灵吉菩萨住的地方叫"小须弥山"了！但是，这位菩萨是谁？我找了很久，也没有在佛经里找到这位菩萨的身影。

但是前面已经分析了"须弥山"和"定风"的关系，不妨向这两个目标去找：一是禅宗公案，二是讲菩萨行的佛典。等我找到了一定写出来，哪位朋友找到了也敬请告诉我！

三花九子膏

黄风怪用"三昧神风"吹伤了孙悟空的眼睛，幸好护教伽蓝变成了一位老人，用药治好了悟空的眼病。伽蓝说：我这敝处，却无卖眼药的。老汉也有些迎风冷泪，曾遇异人，传了一方，名唤"三花九子膏"，能治一切风眼。

这个"三花九子膏"是什么？清朝的刘一明又是一通硬解，说三花就是金木土三家，九子就是九转，"此灵明之眼药，系真人口传心授，三家合一，九转还原之妙方"，其实这种讲法也是有点牵强。因为三和九对应的数字太多了。何以一看到三、九就往丹道上想？

陈鹤先生的一篇文章，讲得很详细：中药里虽然没有"三花九子膏"，但是有"三花五子丸"。

　　这个方子，出自元代无名氏撰写的眼科专著《明目至宝》，他在多个地方提到"三花五子丸"，并认为是治疗眼病的验方。其中"三花"为密蒙花、旋覆花、菊花，"五子"为决明子、枸杞子、牛蒡子、菟丝子、地肤子。后世医书也多记载"三花五子丸"，而五子的配伍则众说纷纭，这里就不多介绍了。"三花五子丸"非常有名，见于《古今医统大全》《扶寿精方》等多种医书。

　　至于这一方剂的疗效，晚明文人张大复在《梅花草堂笔谈》中曾说，他眼睛失明过，有人教他吃"三花五子丸"，只是见效太慢。他又听说有个和尚吃的"三花五子丸"，是按古书上的方子配的，这方子的配比只要稍微错一点，疗效就有很大的差异。这说明，最迟在晚明，这种"三花五子丸"已经步入了传说的行列。

　　除了"三花五子丸"之外，还有"九子丸"，这是宋代《圣济总录》记载的药方。"九子"的配伍是蔓荆子、五味子、枸杞子、地肤子、青葙子、决明子、楮实子、茺蔚子、菟丝子，其功效是"治久患风毒眼赤，日夜昏暗"。可见，《西游记》里的"三花九子膏"，就是捏合了"三花五子丸"和"九子丸"而来，并没有什么丹道上的深刻含义。

太白金星引路

　　在黄风怪的故事里，太白金星变作了一位老人，给孙悟空送来了一首诗，说："上覆齐天大圣听，老人乃是李长庚。须弥山有飞龙杖，灵吉当年受佛兵。"孙悟空正是据此找到了灵吉菩萨的道场。

我之前讲过，太白金星一直就是取经队伍的助手。比如双叉岭那回，他把唐僧带出了妖洞。在民间宝卷里，是太白金星亲手送唐僧去东土托生的。还可以看到这样的话："太白星，指引路，救了唐僧。若不是，众徒弟，神通广大。谁敢往，佛国里，去取真经。"（《佛门取经道场》）说明他无论在《西游记》里，还是民间宝卷里，都是公认的取经路上的指路明星了。

至于金星为什么成为指路人，这个没有什么文献记载，我还是自己做一番推测。原来金星是离太阳很近的明亮天体（其实最近的是水星，但水星太近了，以至于经常被太阳的光芒掩盖，所以无法用来观测定位），所以太阳初升前，它一定在东方，过一会儿就被阳光淹没了。太阳落山时，它一定在西方，过一会儿也就落下去了。它永远不会跑到更高的高度上去。所以，拿金星当辨认方向的路标，尤其是辨认东西方向的路标，是非常有用的。

舟山渔民用金星辨识方向的方法，正好可以当作参照。

渔民对金星是相当熟悉的，古人的航海，需要靠辨认恒星来完成航行的。但满天星斗，如果不经过专门的训练，还是不易掌握，而其中金星最亮，极易辨认，所以不经过太过复杂航线的渔民，就不需要学习牵星术等航海专业知识，只需要认识金星，就可以辨认东西方向了。

唐僧师徒正是朝西走的，自然常常看见这颗星挂在西方的天空上，那当然就是"西天"的方向了，所以太白金星总会为孙悟空指明方向。

石槃陀，你在寻思什么？

在《西游记》里，唐僧经过五行山，把山上的六字真言揭了下来，孙悟空就得救了，跟了唐僧做了徒弟。

在这里，其实隐藏了一个重要的历史人物，这就是孙悟空很重要的原型之一——石槃陀。

半途而废的英雄

历史上玄奘法师的取经之路，开始的时候就只有他一个人。他出境的经历，不妨根据《大唐大慈恩寺三藏法师传》回顾一下：

玄奘法师从长安出发，先到了凉州（今甘肃武威），结果遇到了麻烦——边境守将禁止民众出境。凉州有位慧威法师，很敬重玄奘，就派了两个小徒弟，一个叫慧琳，一个叫道整，陪伴玄奘出境。三个人不敢白天走，昼伏夜出。到了瓜州附近，凉州那边的通缉令就发过来了，严查玄奘行踪。玄奘怕出事，就让慧琳和道整两个小和尚先后回去，自己一人前行。

你记不记得《西游记》里，唐僧出长安的时候，带了两个随从？后来在双叉岭上，被寅将军等妖怪吃掉了。慧琳和道整两个小和尚，就是《西游记》里从长安带来的两个随从的原型，连名字都没有留下。其实人家也没说要送玄奘到印度，而且两人好好地回去了，根本没出什么事，结果在《西游记》里被安排了一个好惨的下场！

玄奘法师打听到：北面有条瓠芦河，河上还设置了玉门关，是西去的必经之路。出了玉门关往西北走，又有五座关卡，都有兵丁守卫。没人带路，不敢出发。这时来了一个叫石槃陀的胡人，想拜玄奘为师。玄奘就收了他。石槃陀高兴地走了，一会儿又跑来给玄奘送吃的。玄奘看他又健壮又恭敬，就告诉他偷渡的计划。石槃陀许诺，一定把法师送过瓠芦河和五个关卡。玄奘就给他买了行李和一匹马。

到了约好的出发时间，石槃陀和一个胡人老头，骑着一匹老瘦红马来了。玄奘有点不高兴。石槃陀说："这段路，这老头走了三十多遍了，带他来商量下。"那老头就说："西方路太险，'沙河阻远'（注意这句），还有鬼魅热风，大队人马都会迷路，您还是别去了。"玄奘坚持要去，老头说："您要是非得去，就骑我这匹马，这匹马走过十五遍了，它认路。"

玄奘法师就换了他的马，和石槃陀同行。到了瓠芦河，果然水深难渡。石槃陀从旁边的树林里砍了树，架起桥，填上草和沙，玄奘才过去。走到半夜休息。谁知那石槃陀忽然拔刀起来，朝玄奘走了几步，玄奘大惊，连忙默念观音圣号。谁知他又返回了，不知什么意思。又走了几里，石槃陀说："师父，我不想去了。这一路上都是关卡，只要被发现，就是死罪。我还有家有业的，您如果被抓了，千万别供出我来。"于是玄奘发誓：千刀万剐也不供你。师徒分手，剩了玄奘一个人独自朝沙漠走去。

石槃陀虽然走了，但玄奘法师真没吃亏。石槃陀至少帮玄奘渡过了第一个难关：瓠芦河。另外，那匹老瘦马真的发挥了作用！过"沙河"的时候，已经走得人困马乏，仅有的一皮袋水还失手打翻了，四天五夜，人马都是一滴水没进，玄奘法师只有念观世音圣号，正在绝望之际，那马忽然狂奔起来，勒都勒不住，一口气跑到了一片水草丰美的地方，于是人马都得救了！当然我不觉得这是神仙显灵，必是这匹识途的老马认得水源而已。

玄奘在瓜州的经历，是他取经途中故事性较强的一段，当地也流传着玄奘法师的各种取经故事。西夏时期的瓜州榆林窟第三窟取经图，画的正是玄奘法师和这位曾经的弟子。只是石槃陀的胡人相貌，已经演变为猴相了。

这一带的壁画，都一定要画玄奘、猴行者、一匹马、断崖、河水、树林、月亮或水月观音。这体现的正是石槃陀此行立的最大功劳——晚上帮玄奘法师渡过了瓠芦河这一天险。凭着这一功劳，石槃陀足以成为孙悟空的原型之一了！

石槃陀为什么变成了猴子？

至于胡人石槃陀如何变为"猴行者"，这也是有理路可循的。高鼻深目的胡人，人称"愁胡"，意思是焦虑凝神的猢狲，确实和猴子有几分相似。猴子为何又叫"猢狲"或"胡孙"？唐代颜师古注《汉书·西域传》说乌孙国："于西域诸戎，其形最异，今之胡人青眼赤须，状类猕猴者，本其种也。"

杜甫曾经得到过一只小猴子，就写诗咏道："预哂愁胡面，初调见马鞭。"又如宋代的《尔雅翼》里说：猴状似愁胡，而手足如人。可见，猴子长得很像胡人，最晚在唐朝就已经是人们的一种共识了。

就连"猢狲"这个名字，也是从猴子长得像胡人来的。《本草纲目》就说：猴，形似胡人，故曰胡孙。只因为"胡孙"太不像动物的名字，就写成了"猢狲"，这和"师子"写成"狮子"、"青廷"写成"蜻蜓"是一个道理。

另外，出土的陶俑也可以看作是猴子长得像胡人的证据之一。例如在新疆和田约特干地区，出土了许多唐代及以前的陶俑，这些俑都骑着骆驼或马，弹着琴，吹着笛。但有时候也实在分不清，是猴子骑骆驼，还是胡人骑骆驼。我们知道唐代胡人是喜欢音乐的。

今天的《西游记》里唐僧收服孙悟空后，立即要过的就是鹰愁涧，在观音的帮助下，鹰愁涧的水神撑了筏子，唐僧才渡过去。《西游记》里过的大江大河多了去了，何以一条小涧非得写上一段？恐怕这涧是瓠芦河天险的一个影子。

另外，石槃陀态度的游移不定，似乎在《西游记》里孙悟空身上也能找到痕迹。例如他被戴上紧箍，想打唐僧。唐僧曾赶他走。孙悟空在鹰愁涧见到菩萨，居然打起了退堂鼓："保着这个凡僧，几时得到？老孙的性命也难全。"他本来天不怕地不怕的，何尝有这样的恐惧？这更像是石槃陀的心理活动！起码说明，石槃陀或猴行者，从一开始就不是一个忠肝赤胆，类似关羽、张飞的保驾人物。孙悟空和唐僧不睦的种子，在玄奘法师与石槃陀起矛盾时就种下了！

沙和尚的演化史

沙悟净（李云中　绘）

　　今天《西游记》里的沙和尚，好像谁都能欺负他似的，其实在佛教史上，以及取经故事的演变史上，他的地位是非常显赫的。

流沙河在哪里？

历史上的玄奘法师，是从瓜州（今敦煌）偷渡出去的。他经过了几个关卡，独自一人闯入了茫茫戈壁。这一片戈壁，就在今天新疆哈密市东南与甘肃的交界处，今天叫哈顺戈壁，在唐代叫莫贺延碛。

莫贺延碛还有个名字，叫"沙河"，一看这个名字，大家就知道，谁该出场了。

《大唐大慈恩寺三藏法师传》说这个地方："西路险恶，沙河阻远。鬼魅热风，遇无免者""莫贺延碛长八百余里，古曰沙河。上无飞鸟，下无走兽，复无水草"。

玄奘法师在沙河犯了一个错误，他拿出皮袋来喝水，不小心把袋子打翻了。他出长安的时候发下誓愿：若不到天竺，终不后退一步。于是他也不回原路取水，就骑着马硬往前走。五天四夜，滴水未进。忽然梦到一个大神对他说："别睡觉，快走！快走！"玄奘法师惊起，走了几步，忽然那匹与胡人老头换的老马发疯似的往前跑，跑到一个水草丰美的地方，人马都得救了！

关于这位大神，玄奘法师并没有说叫什么名字，然而到了中晚唐之后，各种故事都说他是"深沙神"。这样一说，似乎深沙神就得住在沙漠！其实根本不是。

深沙神到底长什么样？

深沙神在佛经里出现得较早。东晋竺昙无兰译的《佛说摩尼罗亶经》里说：有两个恶鬼，一个叫深沙，一个叫浮丘。这两个鬼，跑得很快，善于找人麻烦。假如有头痛、目眩、寒热、伤心，就是这两个鬼在作祟，这时就应该念《摩尼罗亶经》，所有恶鬼无不破碎。

这个深沙神或深沙鬼，来头不小：一个说法是他是毗沙门天王的夜叉之首，理论上他与托塔天王手下的"药叉将"是一个人；另一个说法他是佛的弟子央掘摩罗，受邪师的诱惑大肆杀人，受佛力感化才改邪归正。

也就是说，深沙神或深沙鬼，本来和沙漠一点关系都没有，他原是致使人头疼、目眩等病的鬼。唐高僧不空译有《深沙大将仪轨》，也是说头疼了怎么办，眼疼了怎么办，肿了怎么办……这种驱鬼治病的业务，从古到今，从中国到海外，几乎处处都有。我村里就有，只是驱的鬼不叫深沙鬼而已。

深沙神是密教的神，他本来就戴骷髅。说他吃了取经人才有的骷髅，是后来人编给他的。他长得什么样？根据佛典，深沙神在密教中，一呈神王形，左手执青蛇，右手屈臂，扬掌置于右胸前，另一种为二手合而捧钵，钵盛白饭。还有一个说法，说深沙大将乃毗沙门天王手下的大将，为七千药叉之上首，其形象，头为火炎，口若血河，以骷髅为颈璎珞，以兽皮为衣，以象皮面为裤膝，以小儿为腹脐，足踏莲花。《大正藏》图像部里的深沙神正是这种形象。

今天的《西游记》是这样写沙和尚的：

青不青，黑不黑，晦气色脸；长不长，短不短，赤脚筋躯。眼光闪烁，好似灶底双灯。口角丫叉，就如屠家火钵。獠牙撑剑刃，红发乱蓬松。一声叱咤如雷吼，两脚奔波似滚风。

第二次出场是这么一副样子：

> 一头红焰发蓬松，两只圆睛亮似灯。不黑不青蓝靛脸，如雷如鼓老龙声。身披一领鹅黄氅，腰束双攒露白藤。项下骷髅悬九个，手持宝杖甚峥嵘。

对比一下就会发现，沙和尚除了头发颜色有点不同之外，眼光闪烁、口如血河、骷髅璎珞、赤脚筋躯等，都与"深沙大将"是相合的。尤其头部秃一块、周围是一圈头发，这个造型，直到今天还保持着！

不但中国人信深沙神，日本人也信。日本平安时代晚期或镰仓时代早期（与中国的南宋相当）的木雕深沙神，就是一个肌肉男！

是神还是魔

深沙神为什么会变成沙漠之神呢？有三点原因：

第一，他的名字里有个沙字；第二，玄奘法师确实碰上了一个大神；第三，唐代流行深沙神信仰。

中晚唐时期玄奘法师渐渐火起来、各种取经故事传开之后，他经过的各种险山恶水，就开始"招标"了——人们一定要给各种地方都安一个大 boss，可以是正面人物，也可以是反面人物。深沙神凭着三个先天优势，自然而然地中了沙漠的标，无人和他竞争。

但是，中了标之后，是去做神呢，还是去做魔呢？我们知道，一旦在某个领域或某个地区，一家独大，无人和他竞争，他就可以在这个领域"作威作福",既可以成为神,也可以成为魔——实际上他自己都控制不了!这种事,无论古今中外还是政治商业,都一样。这是个普遍规律,民间故事,也不例外。像江南的五通神,北方的狐仙,在特定的村庄里,无人和他们竞争,所以他们既能为人降福,也能作祟。

于是我们能看到,民间故事里有时把深沙神写成神,有时把他讲成魔,这就是深沙神的两面。玄奘法师取经的时候,路过沙漠,每到吃饭的时候,就会发现路边有一口新开的井水,甘甜可口,旁边放着饭。玄奘法师很奇怪,就向天发问:"这里荒无人烟,饮食从哪里来?"空中就有人说:"我是您的护法神,专为您布置饮食的。"玄奘法师吃完后,井水就消失了,只见流沙浩渺,荒无人烟,于是人们管这位护法叫深沙神。

这一故事出自《大正藏》的《阿娑缚抄·深沙大将》引《唐三藏记》。可见中晚唐之后,深沙神就入驻沙漠(很可能就是流沙河)地区了!所以,因为这位护法在沙漠帮过玄奘法师,就取名深沙神,显然是后人编的。

他成为魔的故事又是这样的:

深沙云:"项下是和尚两度被我吃你,袋得枯骨在此。"

这是宋代《大唐三藏取经诗话》里的。很可惜,这一段前面缺了,总之,玄奘法师的前世也曾前往天竺取经,经过沙漠的时候被深沙神吃掉了。

这个故事,在今天的《西游记》里还有痕迹,就是沙和尚说:

菩萨，我在此间吃人无数，向来有几次取经人来，都被我吃了。凡吃的人头，抛落流沙，竟沉水底，这个水，鹅毛也不能浮，惟有九个取经人的骷髅，浮在水面，再不能沉。我以为异物，将索儿穿在一处，闲时拿来顽耍。

这当然是对来自密宗深沙神戴骷髅的一种解释，同时也反映出沙漠的凶险，经过的人九死一生。

深沙神自从入驻流沙河之后，一直到宋代，都不曾遇到竞争对手，他一直是这条路上的大 boss。在民间故事里，他既可以选择为唐僧护法，也可以选择吃掉他，因为这附近确实没有什么有竞争力的妖怪。

打破了深沙神垄断地位的，其实就是猴行者的出现。

我曾经说过，猴行者的原型之一，是陪玄奘法师走了一段的石槃陀。历史上真正的石槃陀，以及他的朋友——那个胡人老头，都是大漠的征服者。当取经故事还贴近历史、石槃陀还没有陪玄奘法师走到底的时候，他和沙漠本来没有冲突。一旦民间想让他陪到底了，势必要出现一场斗争，要决出谁是老大！

在《大唐三藏取经诗话》里，这个斗争还不太明显。当深沙神说"我曾两度吃过你"的时候，故事是这样发展的：

和尚曰："你最无知。此回若不改过，教你一门灭绝！"深沙合掌谢恩，伏蒙慈照。深沙当时哮吼，教和尚莫惊。只见红尘隐隐，白云纷纷。良久，一时三五道火裂，深沙衮衮，雷声喊喊，遥望一道金桥，两边银线，尽是深沙神，身长三丈，将两手托定；师行七人，便从金桥上过。过了，深沙神合掌相送。法师曰："谢汝心力。我回东土，奉答前恩。从今去更莫作罪。"两岸骨肉，合掌顶礼，唱喏连声。

很遗憾，如何降伏深沙神的那一段恰好缺了。但根据前后情节，应该是猴行者起了作用，否则玄奘法师不能忽然来一句"教你一门灭绝"深沙神就归顺了。

然而这里深沙神还不曾彻底栽面儿。他只是闪开一条大道，让师徒过去了而已，但这正是处在被征服的边缘。等到了《西游记杂剧》里，这位深沙神就彻底被征服了，乖乖地做了二师兄（这时猪八戒是三师弟）。

沙和尚变成水怪

深沙神被征服的同时，取经故事也逐渐在中原流传开来。如果说猴行者的出现打破了深沙神的垄断，那么这个流传过程彻底拔掉了深沙神的据点。

因为流沙河本来是沙漠的另一个名字。但是中原人氏没有见过沙漠，"沙河"或"流沙河"传来传去，就变成了一条河。这是自然而然的事情。

日本也没有沙漠，所以在日本人拍的《西游记》里，沙僧脑袋最中央是雪亮的小光头，在日本动画片里，沙僧的样子变成了河童。了解日本文化的朋友都知道，日本传说中，河童是住在江河里的一种奇怪动物，它头上有一个圆盘子，只要里面有水，它就有无穷的力量。

世德堂本《西游记》形象类似河童的沙僧

　　然而诸位绝想不到，最早的百回本《西游记》，就是世德堂本《西游记》，它在插图中画的当妖怪的沙僧，竟然也像个河童！我的三观彻底被颠覆了……原来以为河童只有日本故事里才有，谁知类似形象竟然出现在中国《西游记》最权威的版本中了！二者有什么关系，目前还没有定论。但是深沙神从沙漠跑到水里倒是有迹可循的。《唐三藏记》里有这样一则故事：

　　大和元年（827），有一个女商人在长江上做买卖，平时画深沙神的像，在船里供奉。有一天，她要到江陵去，忽然遇到一阵大风，船眼看要沉了，她赶紧念诵深沙神的名号，祈求帮助。只见水中深沙神忽然现身，用手托着船底，将她送到了彼岸。于是她在江陵开觉寺塑像供养。

这个故事，沙和尚其实已经具备了成为水怪的两个要素：第一，深沙神从沙漠跑到了水里；第二，今天的《西游记》里，木叉行者用一个葫芦，把沙僧挂的骷髅系在上面，然后渡师徒过河，这个情节在这里已经有了影子。

现在可以总结一下了：沙和尚的原型可能是佛教的深沙神，他本来是一位神通很大的恶鬼，因为玄奘取经经过沙漠，所以民间故事就把深沙神和沙漠捏合到了一起。长期以来，他的身份是亦神亦魔的，当孙悟空出现之后，他逐渐被征服，逐渐变为二师兄。当猪八戒异军突起的时候，他就不得不再次降级，变为三师弟了。所以，西游故事的发展史，就是沙和尚的过气史。

唐僧师徒与五行

今本《西游记》中充斥着大量的符号对应，比如心猿意马、五行观念等等。如果只看电视剧，就完全不会遇到这个问题。而我解读《西游记》是以原著为基础的，所以这个话题没法绕过去，我们一个个地讲。

心猿意马

《西游记》里常出现的一对概念，是"心猿"和"意马"，这两个词，现在也经常连着说，大概就是指心神的跳动不安。这里的"心"和"意"，都是人心的活动，两者到底有何区别呢？

心猿和意马，都来自佛经。比如：

> 调习意马（《大宝积经》）；世尊说心如猿猴者，即是以心喻心，猿猴腾跃轻躁皆心所为故（《阿毗达摩大毗婆沙论》）。

古人不但说"心猿意马"，也说"意猿心马"。比如：

> 岂可放纵心马，不加辔勒（《法苑珠林》）；霎时间意猿心马（《续江东白苎》）。

除了"心""意""猿""马"可以随意搭配外，还有"情猴""欲马""情猿""识马"……甚至还有"心象"，因为印度人本来也骑大象。这些词，放在佛经里细分析，除了情、欲一系和心、意、识一系有些区别外，实在看不出另有什么区别。

所以"心猿""意马"，在佛经里难以强行分辨。而且据统计，《大藏经》里"心猿"有二十五处，"心马"有三十三处。"心马"反倒比"心猿"多！

这种比喻，创始于佛教，后被道教借用了。一般"拴心猿""锁意马"，通常用于传道的诗词中，而且是连着说，不加分辨。例如：

> 守心猿易灭，防意马难狂（全真七子马钰《白观音》）；
> 牢擒意马锁心猿，慢着工夫炼汞铅（元陈冲素《规中指南》）。

而《西游记》里，"锁心猿"倒是讲了很多，比如被压五行山、戴紧箍咒，而白龙马一来就乖乖变了匹马，老实本分，确实谈不上有什么"意马"的表现，还如何"拴意马"呢？假如说收服它的时候算拴，那也只能算是"拴意龙"。所以不妨认为，"心猿"和"意马"本来就是一回事。"意马"就是为了凑"心猿"而硬拉来的，"看上去很美"而已。

五行匹配

五行生克，是中国传统哲学的重要概念，基本关系如图。

五行生克图

百回本《西游记》喜欢拿五行去配取经队伍，翻一翻目录就会发现，原著的回目里到处都是这些，比如：

第三十八回　婴儿问母知邪正　金木参玄见假真
第四十一回　心猿遭火败　木母被魔擒
第八十六回　木母助威征怪物　金公施法灭妖邪
第九十回　黄狮精虚设钉钯宴　金木土计闹豹头山
……

就算不懂这是什么意思，对应着情节也能明白：金或金公，指孙悟空；木或木母，指猪八戒；土指沙和尚。

在收得沙僧之后，原著有一首诗：

五行匹配合天真，认得从前旧主人。
炼己立基为妙用，辨明邪正见原因。
金来归性还同类，木去求情共复沦。
二土全功成寂寞，调和水火没纤尘。

第一句似乎就是讲：取经队伍凑齐了，五行匹配齐全了。然而问题来了，取经队伍算上龙马，一共五个人，孙猪沙对应了金木土，那唐僧和龙马又对应什么呢？难道是一个火、一个水吗？然而书里从来就没说唐僧是火、龙马是水，也没说龙马是水、唐僧是火。白龙马或许还有个"意马"来对应，但唐僧真的找不到什么特别固定的符号来对应。

这个问题，不但今天我们讲不清楚，就是从明朝以来所有对《西游记》的解读，都讲不清楚。比如世德堂本，陈元之序中是这样讲的：

> 旧有叙，余读一过……其叙以为孙，犹也，以为心之神。马，马也，以为意之驰。八戒，其所戒八也，以为肝气之木。沙，流沙，以为肾气之水。三藏，藏神、藏声、藏气之三藏，以为郛郭之主。魔，魔以为口耳鼻舌身意恐怖颠倒幻想之障。故魔以心生，亦心以摄。

这段话的意思是说，孙悟空是心或心智，白龙马是意，猪八戒是木对应肝，沙和尚是水对应肾，三藏是身体，魔是因妄想产生的幻境。后面两句，倒没错，可是原著里明明说沙和尚是土，这里何以变成了水呢？原著明明把孙悟空配成了金，这里为何又跳出这个设定，把孙悟空配成"心之神"，何以执行两套重叠的标准？

世德堂本《西游记》序的配合法

孙悟空	唐僧	猪八戒	沙和尚	白龙马
心	身体	木（肝）	水（肾）	意

然而到了清朝的黄周星那里，他又是一套讲法，整个的大颠倒：

> 取经以三藏为主，则三藏为中意之土无疑矣。土非火不生，故出门即首收心猿，是为南神之火。火无水不能既济，故次收意马，是为北精之水。水旺则生木，故次收八戒，是为东魂之木。木旺必须金制，故次又收沙僧，是为西魄之金。

这问题又来了啊！回目明明是孙猪沙配金木土，这里怎么拿三藏配土，孙猴配火，沙僧配金？另外，何以先收龙马，再收八戒？就因为是水生木？先收八戒，再收沙僧，就意味着木要被金克制？简单的生克关系，为何到了孙悟空和龙马的关系，就变成了水火既济的平衡关系了？另外，魂魄神精意，配东西南北中，心猿算神问题不大，但意马何以算精？这一套逻辑，既不符合原著，自身也混乱，所以很难说服人。其实黄周星自己最后也配不过来了，只好说反正《西游记》就是编的，你们就别较真啦！

黄周星配合法

孙悟空	唐僧	猪八戒	沙和尚	白龙马
火	土	木	金	水

其实我们真的、真的不用较真。只要翻一翻明代各种说唱文学，找一找各种谈《西游记》的话题，就会发现，配合方式各种

各样。比如《普明如来无为了义宝卷》，就说"朱八戒，按南方，九转神丹"。又比如《清源妙道显圣真君一了真人护国佑民忠孝二郎宝卷》：

> 老唐僧，为譬语，不离身体。孙行者，他就是，七孔之心。猪八戒，精气神，养住不动。白龙马，意不走，锁住无能。沙僧譬，血脉转，浑身运动。人人有，五个人，遍体通行。

所以说，我们所要讨论的，绝不是西游故事里师徒五人与五行的真正配合——这种配合也许根本就没有，就算有，也不存在唯一的解释！我们要讨论的，是世德堂本《西游记》里，所体现出来的师徒五人与五行的配合方式。这是作者头脑中的一套配合方式。

听听"专业人士"意见吧

原著里多次提到，"金木土"配"孙猪沙"的排列，这是板上钉钉的，而唐僧和龙马不能算在五行之内，因为原著真的没说唐僧和龙马配哪一行。黄周星是一看有五个人，就硬把他们拉进五行。

为什么这么说？我推荐大家读一读悟元子刘一明的《西游原旨》，他在讲《西游记》的五行匹配上，是最靠谱的！

我在前文批评他，喜欢把《西游记》字字都讲出寓意。比如他认为"木叉"五行属木，殊不知"木叉"是个音译词，如何能与五行之木扯上关系？但刘一明绝不是一无是处。《西游记》中的这些道教概念，本来就是道士们添进去的，当然由道士解读最为可靠，陈元之、黄周星，都不是道士，但刘一明是。当然，《西游记》作为一部复杂的著作，里面还有文献、历史、民俗等，这不一定是刘一明擅长的，但只要一涉及道教领域，就得尊重他作为专业人士的说法。

他的《西游原旨读法》，有几段话，说得很有意思：

> 《西游》，三藏喻太极之体，三徒喻五行之气。三藏收三徒，太极而统五行也；三徒归三藏，五行而成太极也。知此者，方可读《西游》。

> 《西游》有最难解而极易解者。如三徒已到长生不老之地，何以悟空又被五行山压住，悟能又有错投胎，悟净又贬流沙河，必须皈依佛教，方得正果乎？盖三徒皈依佛教，是就三徒了命不了性者言；五行山、云栈洞、流沙河，是就唐僧了性未了命者言。一笔双写，示修性者不可不修命，修命者不可不修性之义。知此者，方可读《西游》。

> 《西游》言唐僧师徒处，名讳有二，不可一概而论。如玄奘、悟空、悟能、悟净，言道之体也；三藏、行者、八戒、和尚，言道之用也。体不离用，用不离体，所以一人有二名。知此者，方可读《西游》。

据刘一明《西游原旨》的说法，取经队伍的配合是这样的：三藏可以比作修行者本人；孙悟空属金（水），猪八戒属木（火），沙和尚属土；白龙马是脚力，不算五行之内（刘一明批：有误认小龙为肾气者，都该被老孙打他一顿棒）。

不得不说，这才是专业的配合法。

但为何孙悟空和猪八戒，每人都分到五行中的两个，而沙僧只分到一个？这是因为内丹家的一个重要概念——"三五合一"。

内丹家把五行简化为三家，例如《翠虚篇》："金水合处，木火为侣，与中央戊己土，合而为三也。"李道纯《中和集》"三五指南图局说"也说东木、南火一家；北水、西金一家；土居中，无偶，自是一家。三家里的金木，都不是简单的金木。金是"水中金"，代表人体内的元气或"真阳"；木是"火中木"，代表人体内的元神或"真阴"。土代表"真意"，阴阳发生矛盾的时候，就需要"意土"来调和。所以虽然是三家配合，实际上是五行和合。

所以书里管沙僧叫"土""黄婆""二土"（圭的拆字），都是三家中的"土"。沙僧在故事中起到的作用，正是调和孙猪二人矛盾的，比如"大师兄，二师兄说得对""二师兄，大师兄说得对"。我们比较一下《大唐三藏取经诗话》里的深沙神、《西游记杂剧》里的沙僧和今天《西游记》的沙僧，就很容易感觉到这一点的强化。

猪八戒：木（火）

沙僧：土

孙悟空：金（水）

刘一明配合法

反了吗？

孙悟空配金（水）、猪八戒配木（火）、沙和尚配土，似乎已臻完美，其实这个说法还是有一个大 bug。因为《西游记》原著作者明明把孙悟空当作"心猿"，刘一明却把孙悟空配成金（水），而内丹术的普遍认识是：水是"肾"中"元气"的代称，火才是"心"中"元神"的代称！这样一讲，岂不是正好弄反了？

这表面上的大颠倒，使几百年来研究《西游记》的人都头疼不已。有些学者，例如张平仁《西游记五行思想评析》，就直接声称：这就是《西游记》的矛盾，没什么可讲的。但是这么一部大书，矛盾就这样一直贯穿始终，于理似乎也不通。

这个问题其实涉及三个层次的问题。请允许我用内丹术的逻辑一层层地分析。

首先，在讲"心猿"之前，需要谈孙悟空另外一个代号——"心君"。"心君"出现得少，如：

> 心君正直行中道，木母痴顽蹦外趋。（第四十回）
> 推倒傍门宗正教，心君得意笑容还。（第五十三回）

任何人都有心（现在当然指大脑），心为君，这是古人经常的比喻。但是考虑到《西游记》和张伯端的关系，更容易想到张伯端《青华秘文》中的"心为君论""神为主论"。心是一切修炼的前提和主宰。这个"心"当然是中性的，所以张伯端说："秦皇临之，天下疮痍；尧舜临之，天下安宁。"这正是第七回说孙悟空"也能善，也能恶，眼前善恶凭他作"的意思。"心君"在《西游记》里虽然出现得少，却是孙悟空这一形象的最本质的代号。这个"心君"，只要是大活人，不管炼不炼丹，全都有！它是范围最大的一个代号。

另外，我用现代的语言说孙悟空代表心智，猪八戒代表本能，沙僧代表调和，也基本可以对应这个层面。

再谈谈孙悟空第二个代号——"心猿"。

《西游记》虽然经常管孙悟空叫"心猿"，但是其他人物，除了龙马被硬凑了个"意马"外，并没有其他类似的对应称呼。管孙悟空叫"心猿"，侧重的是他躁动、奔驰、不安。也就是说，"心猿"指代的范围，小于"心君"。

我们再看全真教的权威著作里，是在什么情况下讲"心猿"的：

> 几度空搔首，溺志在诗酒。浑不念道业，心猿无所守。（《修真十书·学道自勉文》）
>
> 修行不在意慌忙，常把心猿意马降。世事不贪常守分，外牵不动内安阳。（《崂山志》元黄石洞石刻）
>
> 牢擒意马锁心猿，慢着工夫炼汞铅。（《规中指南》）

明确说了，"心猿"专指准备进入丹道之门的凡人的普通状态（或丹家的普通状态）。不管炼什么丹，第一步就是"拴意马，锁心猿"：别玩诗酒啦，别贪世事啦，锁了心猿是金丹大道的第一步。这时候谈什么真阴真阳、真铅真汞，还早着呢！换句话说，一个人已经进入修炼状态，在"心肾相交""捉坎填离"的时候，难道还会"心猿意马"、胡思乱想？这是难以想象的！

然而"锁心猿"的要求，即便是对熟练的丹家来说，也是意义重大的。因为这种修炼状态，或者说入定、入静、练功态，总不能持久。他总要吃饭睡觉，处理杂事。所以，无论是普通人还是丹家，都得认真对待"心猿"。这对普通人而言，是入门第一步；对丹家而言，是保持道行的日常行为规范。

最后谈谈孙悟空第三个代号——金公。

什么时候提到"金公"？"金公"对应的是"木母"，其实应该是"姹女"，但《西游记》里"姹女"另有所指。这就是到了真正修炼的状态了。"心君""心猿"，是凡人平时就能感觉到的状态。而"金公""木母"，如果没进入修炼状态，是感觉不到的。

《西游记》里管孙悟空叫"心君""心猿""金公"，唯独管猪八戒叫"木母"（还有一处是"木龙"，但这是为了凑七律的平仄的）。说明猪八戒"木母"的地位是无可撼动的。而且，无论孙悟空以什么形式出现，猪八戒只是一个"木母"的称号和他配合，如：

> 未炼婴儿邪火胜，心猿木母共扶持。（心猿 + 木母）
> 木母金公原自合，黄婆赤子本无差。（金公 + 木母）
> 心君正直行中道，木母痴顽蹦外趋。（心君 + 木母）

这种现象正说明，作者在起代号的时候，"木母"是先想到的，而孙悟空的"金公"代号反倒是从属而派生的，因而游移不定。因为《青华秘文》在《神为主论》里说了：

> 夫神者，有元神焉，有欲神焉。元神者，乃先天以来一点灵光也。欲神者，气质之性也。元神者，先天之性也……然元性微而质性彰，如人君之不明，而小人用事以蠹国也。且父母媾形，而气质具于我矣。将生之际，而元性始入。父母以情而育我体，故气质之性每逾物而生情焉。

这段话因为涉及很多术语，我就不翻译了。《西游记》正是取了猪八戒这个"欲神"的特点——每每"逾物生情"，这个"气质之性",宋代思想家们也讨论过,比如张载就说口腹之欲、香臭之爱都属于"气质之性"。从"气质之性"返回"先天之性",是猪八戒修炼的任务。或者说,"木母"这个代号,毋宁说是猪八戒所代表的本能的一个修炼目标。

如果作者一定要借这个五行理论说事,猪八戒既然在这一层占了"木母",而沙和尚是调和作用的"黄婆"或"真土",那么孙悟空只能去占那个"金公"了。从字面上,金是克木的。从内丹理论上来讲,"金公"即"元气",也是要和"元神"相配合的。这些都合乎孙悟空和猪八戒的关系,唯独把孙悟空派到"元气"有点不搭。因为一般来说"元气"出于肾,和他本来的"心"的位置不太和谐。这是历代讲《西游记》五行配合的最头疼的事。

下图就是《西游记》中五行匹配示意草图。虚线所圈的范围,就是孙悟空这个形象所指代的全部范围。斜线方块为"心君",黑点区域为"木母","心君"除"木母"之外范围为"心猿"。这样一来,似乎孙悟空的"心君"包括了猪八戒的"木母",但"心君"和"木母"不是两回事吗?

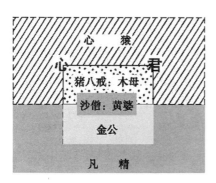

　□─┐:孙悟空的
　└─┘ 全部指代范围

今本《西游记》的五行配合全图

这个不搭并不奇怪,通过前面这么多讲的分析,就知道《西游记》这师兄弟三人并不是一次性被创造出来的,而是不断积累而成的。他们也并不是为宣传道教教义而被设计的,所以,想把这三人改造成符合全真教教义的形式,道士们做到目前这样已是极其不容易了!他们已经尽最大的可能,做得非常巧妙了!

而且这种巧妙,岂不正与西游故事的发展相合吗?历史上取经的只有玄奘法师一个人。猴行者出现了,他的活动,不妨看作玄奘法师心的活动。但只有一个人物,玄奘法师内心的活动,还是不能写得很细;接着沙和尚、猪八戒加入了,于是通过取经故事讲心性、讲修炼,就有继续细化的条件了。从这个故事中看出心性修炼并且着手加以改造的人,实在是了不起的天才!只是英雄既要借势而起,也不免受时势的限制。但当时全真教盛行,有广泛的群众基础,所以这位或这群天才,才借这个条件,将《西游记》改造为宣传全真教教义的形式。

我不禁感叹:假如这位或这群天才生在今天,而大众都有一定的心理学常识,他(他们)一定能把这个取经故事写成心理学读物!

附录

全真教的"心"和"意"

前面说"心猿""意马"没有什么分别,不等于说全真教理上,"心"和"意"两个概念没有区别。例如:"思虑念意根心也,因事物而有。""情也,因意而有。"也就是说,意(包括思、虑、念)都是从心产生出来的,情是从意产生出来的。但李道纯还说：“欲全其气，先要心清静”“欲全其神，先要意诚”。

心要“静”，意要“诚”。这是二者的区别。大致说来，“心”偏向于思维记忆，“意”偏向于价值判断。

所以也不妨这样考虑：《西游记》里，一说“心”就是“心猿”，而白龙马的“意”体现得并不明显，因为“心”和“意”在这里不是平等的，“心”是本源的，“意”是派生的。

姹女和木母

木母，道教指汞，又称木龙，即元神。金公，道教称铅为金公，内丹术指元气。因为铅也写作鈆，可拆为“金”“公”两字。题名五代陈抟《阴真君还丹歌注》有“金父木母真铅汞也”，以金父与木母对称，即以真铅为父，真汞为母，结成内丹。但明代以前，道教基本没有以木母指称元神的说法，而以常配婴儿的姹女与金公搭配。金公本是拆字而得，公字没有意义，但容易理解为“金”性之“公”，故为金公配出一个“木”性之“母”。一些托名唐道士吕洞宾所作的诗词经书，常金公、木母对称，是晚出之作，如《三品仙经》：“木曰仁也，谓之木母；金曰义也，而为之金公。”《西游记》中，女性妖精天然适合“姹女”这个代号，而把肥头大耳的猪八戒称为“姹女”显然不合适，所以只能退而用“木母”来称呼他了。

《五行匹配》诗的含义

收得沙僧后原著有一首诗：

五行匹配合天真，认得从前旧主人。

> 炼己立基为妙用，辨明邪正见原因。
>
> 金来归性还同类，木去求情共复沦。
>
> 二土全功成寂寞，调和水火没纤尘。

　　这首诗很多讲五行的学者讲过，但全都没有讲到点子上。因为他们都是按字面意思大讲一通，并不曾推究这些词汇是从哪里来的。这首诗实际上基本袭用了元陈致虚《周易参同契分章注》的章节名：《炼己立基》《明辨邪正》《金返归性》《二土全功》《水火情性》。金来归性、木去求情，指金（元气）、木（元神）互相亲密配合。二土全功，二土指沙僧。寂寞，指空虚无为的境界。水火，可以指代元神、元气，同时也是一个抽象概念，以人体内上升的、运动的、活跃的因素为火，以下沉的、静止的、消极的因素为水。而土居其间，起到调和的作用。

起底镇元大仙

有了上一讲五行匹配知识的铺垫，这一讲才好讲镇元大仙和五庄观。

五庄观也是《西游记》里的一个大故事，首先遇到的一个问题，就是"镇元大仙""五庄观"这几个名字的来源。

镇元大仙的身份太特殊了，书里说他是"地仙之祖"，那份从容自信潇洒出尘，极有魅力。但是这样一位大仙，在道教神谱里却找不到他的名字！我又到民间信仰里找，很遗憾，查遍了，也没有。

那这位镇元大仙是何来头？不排除一个可能——是作者编的，或者说，他是作者原创的神仙。而且，"五庄观"，看上去也未免太不像道教宫观的名字了！历史上记载的，有"五仙观"（广州）、"五岳观"（北京）、"五云观"（郴州）、"五圣宫"（宝鸡），五仙就是五位仙人，五岳就是五座名山，五云就是五色祥云，五圣指五通神，这些名字，都和道教有紧密的关系。"五庄"又是什么呢？难道是五个村庄吗？况且五庄观是一个大地名，并非出现在一处。如果只出现一处，还可以说是笔误，但处处都是五庄观，就需要考虑这里面有没有特殊的原因了。

《西游记》大量宣讲内丹术的理论，是确凿无疑的，所以不妨顺着这个思路，去寻找镇元大仙的来历。

地仙是怎么炼成的？

首先，《西游记》里说镇元大仙是地仙之祖，内丹术里谈没谈到"地仙"这个概念呢？答案是有的，而且就在内丹术的"祖宗"《钟吕传道集》里！

《钟吕传道集》是五代时由施肩吾整理，以钟离权与吕洞宾师徒问答的形式，系统完整地论述了内丹学，建立了钟吕派内丹体系，可谓内丹史和道教宗派史上祖宗辈的著作，对后世影响非常大。

《钟吕传道集》是这样给神仙分类的：

吕洞宾问："法有三成，而仙有五等者，何也？"

钟离权答："法有三成者，小成、中成、大成之不同也。仙有五等者，鬼仙、人仙、地仙、神仙、天仙之不等，皆是仙也。鬼仙不离于鬼，人仙不离于人，地仙不离于地，神仙不离于神，天仙不离于天。"

在《西游记》第五十八回，孙悟空和六耳猕猴打到如来处的时候，如来佛正是给菩萨们普及了这种分类法：

菩萨又请示周天种类。如来才道："周天之内有五仙：乃天、地、神、人、鬼（这里地仙与神仙的排序与《钟吕传道集》小异）。有五虫：乃蠃、鳞、毛、羽、昆。这厮非天、非地、非神、非人、非鬼；亦非蠃、非鳞、非毛、非羽、非昆。

　　这里需要强调一句：神仙的分类，从来就没有一个固定的说法。例如《庄子》分为真人、至人、神人等，《太平经》分为神人、真人、仙人、道人等，《抱朴子》分为天仙、地仙、尸解仙等，《道教三洞宗元》分为上仙、高仙、太仙、玄仙等，王重阳《重阳真人全关玉锁决》分为天仙、神仙、地仙、剑仙、鬼仙。

　　道教喜欢给神仙分类，因为道教历经了这么多年的发展，中间又有这么多的宗派，所以各家、各著作的分类，肯定都不一样。网上有些帖子介绍神仙的分类，其实那只是一个教派、一部著作、一个时代的个别说法，不能拿着这种个别的说法，当道教的普遍情况，网上有很多无谓的争论和误解，都是这么来的。

　　而《西游记》里如来佛"天地神人鬼"的分类，是《钟吕传道集》首创。在我的阅读和检索范围内，没有发现这种分类出现在比《钟吕传道集》更早的道经里。《中华道教大辞典》中"仙有差等"条，也认为这是钟吕的首创。可见，《西游记》受《钟吕传道集》或钟吕派的影响很深！

　　那么《钟吕传道集》是如何讲地仙的呢？

　　吕洞宾问："所谓地仙者，何也？"

　　钟离权答："地仙者，天地之半，神仙之才。不悟大道，止于中成之法。不可见功，唯长生住世，而不死于人间者也。"

　　"地仙"是"天地之半"。而《西游记》偷吃人参果这一回，正好有这样的话：

那仙童推开格子，请唐僧入殿处，只见那壁中间挂着五彩妆成的"天地"二大字，设一张朱红雕漆的香几，几上有一副黄金炉瓶，炉边有方便整香。唐僧上前，以左手捻香注炉，三匝礼拜。拜毕，回头道："仙童，你五庄观真是西方仙界，何不供养三清、四帝、罗天诸宰，只将'天地'二字侍奉香火？"童子笑道："不瞒老师说。这两个字，上头的，礼上还当；下边的，还受不得我们的香火……"

这句"上头的，礼上还当；下边的，还受不得我们的香火"，岂不正是"地仙者，天地之半"的注脚？诸位继续看《钟吕传道集》：

吕洞宾问："地仙如何下手？"

钟离权答："始也，法天地升降之理，取日月生成之数。身中用年月，日中用时刻。先要识龙虎，次要配坎离。辨水源清浊，分气候早晚。收真一，察二仪，列三才，分四象，别五运，定六气，聚七宝，序八卦，行九洲。五行颠倒，气传子母，而液行夫妇也。三田反复，烧成丹药，永镇下田，炼形住世，而得长生不死，以作陆地神仙，故曰地仙。"

钟离权又说："三百日圣胎坚，三百日胎仙完。形若弹丸，色同朱橘，名曰丹药，永镇下田。留形住世，浩劫长生，所谓陆地神仙。"

这里出现了"三田"，后面又说"永镇下田"。"三田"是什么呢？钟离权自己解释了："丹乃丹田也。丹田有三：上田神会、中田气府、下田精区。"

丹田，是内丹术的一个重要概念，指人体内可以结丹的地方，一般认为，上丹田在两眉之间，中丹田在心下，下丹田就是下田，在肚脐附近（不同的丹经说法不一）。但是下丹田还有其他的名字，如"下元""关元""丹元"。钟离权说："小还丹者，本自下元。下元者，五脏之主，三田之本。"所以，"镇压下田"，相当于说"镇压下元"或"镇压丹元"，这就是"镇元子"一词的真正来历！不得不说，这个名字设计得

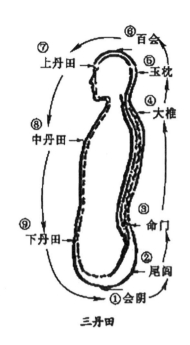

三丹田

相当巧妙。"镇"字，还可以拆为真＋金，丘处机《大丹直指·五气朝元太阳炼形诀义》："金液还丹变为金，其中纯阳气生，是为气中有气，已是陆地神仙，可与天地同其寿算。"小还丹往上炼，可以炼出大还丹，直至炼成"金液还丹"，就可以成为地仙，"与天地同其寿算"。这正是镇元大仙另一个名字"与世同君"的注脚。

同时，镇元大仙的这座山叫"万寿山"，门上有一副对联："长生不老神仙府，与天同寿道人家"，处处提醒：长生不老、与天同寿，是观主的特征。所以孙悟空看了之后说："这道士说大话唬人。我老孙五百年前大闹天宫时，在那太上老君门首，也不曾见有此话说。"

如果理解五庄观观主是地仙之首，已经炼成金液还丹，可与天地同寿，这一切就都可以理解了。

五庄观相当于"五脏庙"吗

上文提到，"五庄"不见于任何道教经典，但只要明白内丹术的原理就可以知道，"五庄"其实就是"五脏"的改写。

《钟吕传道集》里有这么一句话："小还丹者，本自下元。下元者，五脏之主，三田之本。"既然"下元"是五脏之主，《钟吕传道集》又说地仙已经"镇压下田"，那么这位地仙之祖当然更是五脏之主了！给他设计一座"五脏观"是合理的。

但是"五脏观"这个名字实在太难听了，民间"五脏庙"是对贪吃的人肚子的讽刺，《金瓶梅》就说："正是珍馐百味片时休，果然都送入五脏庙。"还有人写过一篇《募修五脏庙疏》，是说要大吃大喝，满足五脏的需求。那么，怎样改造一下，既能表现"五脏"的意义，还能不和"五脏庙"这样的俗名相混呢？很简单，变变写法就行了。

怀素《自叙帖》中
"藏"的写法

"五脏"，又写作"五藏"。《管子》：五藏为脾、肺、肾、肝、心。我们现在不熟悉"五藏"，但明朝人是熟悉的。"五藏观"的写法还是太直白了，干脆再变一变。"藏"的一个写法是"匨"，或"壮"字上面加一横，壵和"庄"或"莊"就非常相似了。

而且世德堂本《西游记》，"藏"和"莊（庄）"经常混用。例如，第十九回："行过了乌斯庄界。"第五十四回："八戒是西牛贺洲乌斯庄人氏。""乌斯庄"其实都应该是"乌斯藏"。不管世德堂本是故意的，还是无意的（例如它所据的原版本就是"庄""藏"不分的），"庄""藏"本来就有混用的现象，却是确凿无疑的。

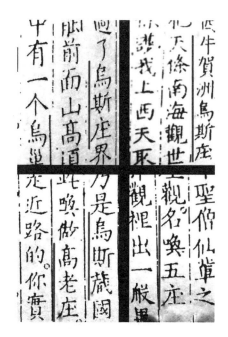

世德堂本《西游记》中"乌斯藏""乌斯庄""五庄观"

另一个版本的发现

"镇元大仙"和"五庄观"，是某位作者特意设计的，还有一条证据，那就是明末周清原《西湖二集》。这本书屡次引用《西游记》，如：

> 我曾看《西游记》那猪八戒道得好：世上谁见男儿丑。
> 只要阴沟不通，通一通，地不扫，扫一扫。

　　连那《西游记》内的奔波儿灞、灞波儿奔身上都烧
起燎浆大泡。

　　却是一个白面老狐，遂扑死在地，可不是《西游记》
中金角怪和银角怪的压龙洞中老奶奶么？

　　这些引用，都和今天的《西游记》毫无二致，说明作者对
《西游记》相当熟悉，他是明末人，他看到的版本和我们今天看
到的差不多。

　　唯独有一个地方，很奇怪，这就是卷四《愚郡守玉殿生春》：

　　就把远志、石菖蒲等样买了数百斤，煎成一大锅，
就像《西游记》中五圣观混元大仙要用滚油煎孙行者的
一般。

　　周清原引用的金角、银角、奔波儿灞、灞波儿奔，甚至猪八
戒说过的俗语都和今天的《西游记》无异，连小妖的名字他都记
得住，为什么"五庄观"和"镇元大仙"，突然变成"五圣观"
和"混元大仙"？这么有名的人物和地名，为何和今天的不一样
了呢？

　　最合理的解释是，他看到的版本在这个地方和今天不一样！
也就是说，历史上曾经有过一个《西游记》的版本，写的是"五
圣观"和"混元大仙"！

　　"五圣观"和"混元大仙"，是常见的宫观名和神仙名。前文
提到，陕西就有个"五圣宫"，"混元仙"也经常在书里遇见。作
为一部通俗小说，采用这两个名字是非常合理的，采用名不见经

传的"五庄观"和"镇元大仙"，就不那么自然了。

　　所以，这一切都指向了编出"五庄观"和"镇元大仙"情节的这位作者，大概是有意宣扬某些东西。结合《西游记》和《钟吕传道集》的关系，我们有理由相信，这两个名字，包括只拜"天地"的一半，包括"与世同君"、万寿山的名字、门口的对联，都指向了《钟吕传道集》中的地仙修炼理论。

人参果和蟠桃

上一讲，我说，"镇元大仙""五庄观"，是一位有道教背景的作者根据《钟吕传道集》的地仙修炼理论编出来的神仙和地名。这一讲，我们聊一聊人参果，也聊一聊镇元大仙的原型。先说人参果，它可不是被编出来的，它的历史，远比镇元大仙久远。诸位不妨先看两个故事。

古老的故事

《西游记》里是这样讲人参果的：

> 那观里出一般异宝，乃是混沌初分，鸿濛始判，天地未开之际，产成这颗灵根。盖天下四大部洲，惟西牛贺洲五庄观出此，一名"草还丹"，又名"人参果"。三千年一开花，三千年一结果，再三千年才得熟，短头一万年方得吃。似这万年，只结得三十个果子。

大家看，这人参果的特征和什么类似？对了，就是王母娘娘的蟠桃。所以黄周星在这里有一句批："好果子，正可与天上蟠桃争奇！"黄周星说对了，其实《西游记》里的人参果故事，正是从蟠桃故事演化而来的！蟠桃故事，《大唐三藏取经诗话》里有一个好玩的，说唐僧师徒来到了西王母池，猴行者说："我八百岁的时候，在这里偷过桃子吃。到现在二万七千岁，也没再来了。"唐僧说："真的？我们也去偷几个吧。"猴行者摆摆手道："算啦！我那年偷的时候就被王母捉住啦，打了好几千铁棒，发配在花果山紫云洞，现在肋下还隐隐地痛，要偷你去偷，我可不敢了。"说着说着，一行人就走到池边的桃树下了。猴行者说："轻轻的，别高声！"唐僧急得说："偷吧偷吧。"猴行者说："这桃树有地神看守，没法偷。"唐僧说："你神通广大，一定成的。"

两人正说着，忽听扑通几声，树上三颗熟透的桃子掉池里了。唐僧说："快捞快捞呀！"猴行者没办法，就用锡杖在石头上敲了三下，忽然池水中冒出来一个小孩，行者问："你今年几岁？"小孩说："三千岁。"行者说："不用你。"又敲几下，又一个小孩出来，说："我五千岁。"行者说："也不用。"再敲几下，又出来一个，说："我七千岁啦。"行者放下锡杖，把小孩捏在手里，递给唐僧，说："师父，你吃不吃？"唐僧吓了一跳，转身就跑。那个小孩忽然被孙悟空变成了一颗枣，给唐僧囫囵吞了下去。直到取经回来时经过四川，才把核吐出来，于是至今这里还出产人参。

虽然这里吃的是蟠桃，但情节上有几点值得注意：

一、桃子掉了下来，不是漂在水上，而是沉下去找不到，需要特别的法术才能使它出来。

二、桃子的形象是小孩子。

三、这三个小孩年龄分别是三千岁、五千岁、七千岁。

四、猴行者把小孩抓在手里，给唐僧吃，唐僧不敢吃。

五、桃核变成了人参。

六、金环锡杖起到召唤小孩出来的作用。

这几个特征，都和今天《西游记》里的人参果相似：

一、人参果正是"遇土而入"，掉在地上就钻进去，不用法术是冒不出来的。

二、人参果长得像小孩子。

三、人参果也分三个阶段，三千年开花、三千年结果、三千年成熟；而《诗话》中蟠桃"千年始生，三千年方见一花，万年结一子，子万年始熟"。

四、唐僧也因为人参果长得像小孩子，不敢吃。

五、人参果就是以"人参"命名的。

六、人参果需要金击子敲下来，金击子"二尺长的赤金，有一个蒜头儿"，与敲石头的金环锡杖很相似。

所以，人参果在早期西游故事里，就已经有了原型了。其实可以这样说，五庄观故事，就是比着西王母池故事写出来的，只是主人换作了镇元大仙而已。

其实如果再往上推，人参果故事还有更古老的原型。例如南北朝时期的《述异记》：

大食王国（即古波斯）在西海中有一方石，石上多树，赤干叶青，总生小儿，长六七寸，见人皆笑，动其手足，头着树枝，使摘一枝，小儿便死。

这和《西游记》中的描写岂不正相似：

> 只见那正中间有根大树，真个是青枝馥郁，绿叶阴
> 森，那叶儿却似芭蕉模样，直上去有千尺余高，根下有
> 七八丈围圆。那行者倚在树下，往上一看，只见向南的
> 枝上，露出一个人参果，真个像孩儿一般。原来尾间上
> 是个扢蒂，看他丁在枝头，手脚乱动，点头幌脑，风过
> 处似乎有声。

连手脚乱动、点头晃脑的特征，都一脉继承下来了。

从故事发展的角度看，人参果故事或其原型是早就有的，只是它的主人不停地在换，到了今天的《西游记》就换成镇元大仙了。

袖褪乾坤

镇元大仙最厉害的法术，是"袖褪乾坤"。有朋友说，不是"袖褪乾坤"，而是"袖里乾坤"。但是，世德堂本原文就是"褪"：

> 那行者没高没低的，棍子乱打。大仙把玉麈左遮右
> 挡，奈了他两三回合，使一个"袖褪乾坤"的手段，在
> 云端里，把袍袖迎风轻轻的一展，刷地前来，把四僧连
> 马一袖子笼住。

"袖褪乾坤"改为"袖里乾坤"，这也是后来的版本改的。其实"褪"（tùn），是隐藏在袖内的意思，如元高文秀《襄阳会》第三折："怀揣日月，袖褪乾坤。"也写作"吞"，在民间故事里

很常见，如鼓词《沉香救母雌雄剑》："袖吞乾坤多玄妙，七圣神兵用袖装。"

这个法术，诸葛亮也会，见《三国演义·诸葛亮五出祁山》：

> 司马懿在后赶来，传令曰："孔明善会八门遁甲，能驱六丁六甲之神，亦能呼风唤雨，袖褪乾坤。此乃六甲天书内缩地之法也。"

但不知为何诸葛亮面对司马懿的千军万马，不能使一个"袖褪乾坤"，把曹兵都笼起来？难道同样的法术，也有威力的高低？

三岛求方

《钟吕传道集》有这样一段话：

> 地仙厌居尘世，用功不已，而得超脱，乃曰神仙。神仙厌居三岛而传道人间，道上有功，而人间有行，功行满足，受天书以返洞天，是曰天仙。既为天仙，若厌居洞天，效职以为仙官：下曰水官，中曰地官，上曰天官。于天地有大功，于今古有大行。官官升迁，历任三十六洞天，而返八十一阳天，历任八十一阳天，而返三清虚无自然之界。

也就是说，神仙的境界，比地仙高一层。地仙如果不愿在尘世待着，可以超脱为神仙。神仙常待的地方是三岛，但他们如果不愿意在三岛待着，而愿意造福人类，就可以到人间行道，道行满足，就可以升为天仙。天仙可以在洞天待着，也可以到天宫当个公务员。只有在公务员系统不断升迁，在各个洞天都挂职轮岗锻炼过一遍，才能"返三清虚无自然之界"。"三清"就是道教的"三清境"，是神仙的最高位置。

孙悟空推倒了"地仙"的人参果树，要救活，只能上升一个级别，到"神仙"的领域去求助。所以在三岛的蓬莱岛上，孙悟空向福禄寿三星求助。三星说：

> 你这猴儿，全不识人。那镇元子乃地仙之祖，我等乃神仙之宗；你虽得了天仙，还是太乙散数，未入真流。你怎么脱得他手？

这段话里"地仙"可能会引起我们注意，但"神仙""天仙"两个词，是很容易错过去的，可这里面其实有特别的含义。

三星的意思是说，镇元子是地仙（第三级），三星是神仙（第二级），孙悟空反倒等级最高，是天仙（第一级），但孙悟空还是"散数"，不算有天仙正式的编制。事实上也是如此，孙悟空第一次当了弼马温，是"未入流"，第二次的齐天大圣，是"有官无禄"，都不能算正式的天仙，顶多在"水帘洞洞天"投闲置散而已。

莫非镇元大仙有他的影子？

关于人参果和仙人的分别，大概就是这些，但这里面还有些不太明白的地方，我不妨说一个大胆的推测，开一个大脑洞。注意，只是脑洞而已。

第一，按说镇元大仙是"地仙之祖"，海上三星自称是"神仙之宗"，地位也已经不低，为何反倒说"我们的道，不及他的多矣"，而且三星说起镇元子，口口声声是"上辈"，见面也是以晚辈之礼相见的。

第二，何以最终解决问题的是佛教的菩萨，而不是再上一个等级，去找真正的"天仙"求助？

身份是地仙，神通还不小，居然被神仙等级的人尊重，口口声声说是"上辈"，性格潇洒自信，这人和谁比较像？当然，镇元大仙就是镇元大仙，是《西游记》的一个人物。但是我们可以猜测，作者是比着谁为原型写的？或者说，借用或部分借用了谁的特征？

装束方面。《西游记》镇元大仙出场时，化成一位道士，他的装束是：

> 穿一领百衲袍，系一条吕公绦。手摇麈尾，渔鼓轻敲。三耳草鞋登脚下，九阳巾子把头包。飘飘风满袖，口唱《月儿高》。

俨然一派世俗道士的模样。而明代《西湖二集》是这样描绘吕洞宾的：

> 身上穿一领百衲道袍，腰系一条黄绵丝绦，脚下踹一双多耳麻鞋，头上包一顶九华仙巾。飘飘须髯，是唐朝未及第的进士。洒洒仪容，系朝游北海暮苍梧、三醉

岳阳楼的神仙。

对比一下《西游记》的描写，这简直就是镇元大仙的翻版啊！

在法术方面。上文提到，镇元大仙最厉害的法术，是"袖褪乾坤"，那么，吕洞宾喜欢用的法术是什么？且看一个关于吕洞宾的故事。

绍兴十六年（1146），武陵人杜昌言在家中园子里设宴，忽然来了一个背着斗笠的青衣道士，说："我能和你们喝一杯吗？"杜昌言就请他入席。道士喝酒吃肉，毫不客气。说："我也不白喝你们的。"忽然从袖子里取出一个两升多的锡酒壶，对席间一个人说："我看只有你有神仙之分，只是世事未除，来喝我的酒！"说着举壶就斟，大家不知喝了多少酒。壶里居然还没倒空。杜昌言笑着说："道长您莫非是吕祖吧？"道士说："你又没见过吕洞宾，你怎么知道——你们想见吗？请看！"说着道士纵身一跳，将背上斗笠掷向空中，跨鹤而去。

袖子里取出一个两升多的酒壶，不是"袖褪乾坤"是什么？吕洞宾自己还写有一首诗："星辰往往壶中见，日月时时袖里藏。"也与"袖褪乾坤"相关。

此外，《吕祖志》等关于吕洞宾的书，也经常提他的袖子。最著名的是："朝游北海暮苍梧，袖里青蛇胆气粗。三醉岳阳人不识，朗吟飞过洞庭湖。"还有诗句专门提到他袖子大："纯阳袖大惹春风，归去来兮甚有功。留下玄机无价宝，玉蟾解和亦谈空。"吕洞宾的《题黄鹤楼石照》："黄鹤楼前吹笛时，白蘋红蓼满江湄。衷情欲诉谁能会，惟有清风明月知。"最后一句的意思是只有清风明月如朋友般了解他，而《西游记》中镇元大仙的两个道童，正是叫清风、明月！这恐怕不是偶然吧。

多说一句，吕洞宾的原型是唐代的吕岩，神化之后，后人多有附会，所以这里举的诗，未必是历史上的吕岩写的。但既然人们公认是神仙吕洞宾写的，那也就无所谓了。这首《题黄鹤楼石照》因为写在黄鹤楼上，所以特别有名。宋诗、元曲中都曾提到它，不是一首犄角旮旯的诗。

地位方面，《西游记》是这么说镇元大仙的：

孙悟空说，在太上老君的门口，也不曾见这个对联；只拜天地，地还不值得一提；虽是地仙，神仙之宗福禄寿三星都自愧不如，恭恭敬敬执晚辈之礼，称之为"上辈"（《西游记》还把神仙与地仙位置调了一下，使地仙升了一级）；号称地仙之祖；观音菩萨都让他三分。

而吕洞宾的地位，在全真教也极为尊崇。他被奉为北五祖之一，是一位和光同尘、混迹世间、与世同其沉浮的人物，虽有大神通、大修行，却喜欢驻世。就算不谈那些内丹理论，结合吕洞宾的圣号"孚佑帝君"，号"与世同君"和"地仙之祖"，说镇元大仙是照吕洞宾的形象写的，也完全说得过去。

顺便说一句，全真道士喜欢自认为仙，比如他们管年轻弟子称为"小仙"。全真七子的马钰，就有《满庭芳·赠张小仙》，这个张小仙，就是他姓张的弟子辈人物。对"小仙"这个词的爱好，是全真教的独创。而五庄观里的年轻弟子，作者正是称他们为"小仙"，比如"教二十个小仙，扛将（孙悟空）起来"，又如"领众小仙出离兜率，径下瑶天"，比比皆是。《西游记》里的"地仙""小仙"，毋宁说是有道教背景的作者（们）对本派全真徒众自高身份的称呼！

　　《西游记》里的镇元大仙，还特有性格。被推倒了果树，不依不饶，还特别护犊子，而且说到做到，坦坦荡荡，既不是虎力大仙式的妖道，也不是心淡如水的隐修神仙，反倒靠一派人间烟火气赢得了无数读者的喜爱，这在《西游记》中是特例。

　　而在民间信仰中，吕洞宾是道教中人气最旺的。吕洞宾和观音菩萨的关系，也非同一般。漫说打开算命网站，就并排出现观音灵签、吕祖灵签，各地都有吕洞宾和观音菩萨合祀的庙宇（例如我前面讲过的崂山救苦殿），民间传说中也有许多吕洞宾和观音互动的故事，比如《吕洞宾戏观音》等。

　　我们知道，《西游记》经历过一个被全真教改造的过程。从原著中，能感觉到作者对镇元大仙的尊崇。这一回，从人名、地名到情节设定，完全是借用了《钟吕传道集》许多理论，作者借此向吕洞宾祖师致敬，也是完全可能的！所以，假如真的给镇元大仙找一个原型的话，恐怕非吕祖吕洞宾莫属了。

白骨精的罗生门

白骨夫人（李云中　绘）

三打白骨精的故事，应该是大家最熟悉的。我们从小被教育，不要像唐僧一样，人妖不分，敌我不分，要相信孙悟空的火眼金睛，要擦亮眼睛，认清真相……

如果大家细读原著，就会发现，在三打白骨精这个故事中，不是这样，而且完全不是这样！

按惯例，还是要概括一下剧情：

白骨精变成了美女、老太太、老头一家三口，来迷惑唐僧。孙悟空火眼金睛，认得出来。不料白骨精会解尸法，前两次都没有打死，留下了假尸体。唐僧误以为孙悟空无故行凶。最后一次，孙悟空把白骨精打出了原形，但唐僧仍然信了八戒的谗言，将孙悟空赶走。

这个故事很简单，意思却很深，但现代的影视、戏曲，都有些曲解原著的意思，这一讲不妨按原著澄清一下，尤其是作为掌握着决策权的唐僧的表现。

一打白骨精

我们且看一打白骨精前，唐僧，是不是像我们平时说的那样，人妖不分，是非颠倒。

孙悟空去摘桃，白骨精变化了一个少女走近，是唐僧先发现的：

> 三藏见了，叫："八戒，沙僧，悟空才说这里旷野无人，你看那里不走出一个人来了？"

够警觉吧？八戒、沙僧都没察觉，唐僧先发现了。

八戒就跑去看，问了那女孩，女孩说：我提的是香米饭，炒面筋，要还愿斋僧。于是八戒回禀道：这是一个斋僧的女子。然后唐僧说什么？

> 唐僧不信道："你这个夯货胡缠！我们走了这向，好人也不曾遇着一个，斋僧的从何而来！"

然后唐僧询问女子，女子编造身世说：正西是我家，有父母在堂，看经好善，招了一个女婿。这时唐僧说什么？

> 三藏闻言道："女菩萨，你语言差了。圣经云'父母在，不远游，游必有方'。你既有父母在堂，又与你招了女婿，有愿心，教你男子还，便也罢，怎么自家在山行走？又没个侍儿随从。这个是不遵妇道了。"

我们看，到这里，唐僧对谁都不信。他第一句话："悟空才说这里旷野无人，你看那里不走出一个人来了？"见到个人，说句"那里来了个人"不就得了，何苦把悟空捎在里面？这其实体现了唐僧对孙悟空不信任。

但是他也并不相信八戒，八戒回禀女子的情况，唐僧却说他胡缠，他必须得亲自询问一番女子的身世。即便如此，村姑的这段故事并没有使唐僧相信。唐僧指责她"怎么自家在山行走""这个是不遵妇道了"，这真的是指责她不遵妇道吗？当然不是！这是唐僧在想法质问、套话。萍水相逢，唐僧一个和尚家，何苦管人家女子遵不遵妇道？他正是借"不遵妇道"来套村姑多开口说话！只要村姑辩解的话一多，唐僧又不是傻子，总能看出漏洞的。

那女子笑吟吟，忙陪俏语道："师父，我丈夫在山北凹里，带几个客子锄田。这是奴奴煮的午饭，送与那些人吃的。只为五黄六月，无人使唤，父母又年老，所以亲身来送。忽遇三位远来，却思父母好善，故将此饭斋僧，如不嫌弃，愿表芹献。"

三藏道："善哉！善哉！我有徒弟摘果子去了，就来，我不敢吃。假如我和尚吃了你饭，你丈夫晓得，骂你，却不坐罪贫僧也？"

那女子见唐僧不肯吃，却又满面春生道："师父呵，我父母斋僧，还是小可；我丈夫更是个善人，一生好的是修桥补路，爱老怜贫。但听见说这饭送与师父吃了，他与我夫妻情上，比寻常更是不同。"

三藏也只是不吃……八戒……不容分说，一嘴把个罐子拱倒，就要动口。

这一来一往几个回合。唐僧把所有的漏洞都挑出来了，白骨精把所有的可能都说圆了：一是自己为何一妇道人家孤身行走；二是为何明明给丈夫送饭，又忽然要把饭转送给唐僧。这几个回合，逻辑上，没有火眼金睛的唐僧，是无法再怀疑什么了，然而唐僧最后的决策，还是不肯吃。说明他本来就是有戒心的。哪里能看出他人妖不分、颠倒是非了？真正人妖不分的，是猪八戒！

但是唐僧不吃，就等于说，他认为眼前这女子是妖怪吗？当然不是！天下只有好人和妖怪两种情况吗？西天取经路上情况多得很！有好人，也有强盗，有妖怪，也有误会（比如寇员外那回）。荒僻山坳里忽然走出一个村姑，只能说情况可疑。不搭理、不轻信，但也不要得罪人家，才是最好的选择，唐僧推说孙悟空摘桃去了，不肯吃她的饭，何错之有？

所以孙悟空驾云回来，举棒就打，唐僧赶紧拉住："悟空，你走将来打谁？""这女菩萨有此善心，你怎么说他是妖精？"这两句话也没有问题。假如唐僧说："悟空，这荒郊野岭的，我们不明就里，这女子虽说是斋僧，但也未必就是好人。我们走吧。"万一人家真的是斋僧的怎么办？作为僧人，你可以拒绝斋供，但当面怀疑人家动机，恐怕就有违僧人的职业道德了！

然而孙悟空犯了一个错误，他怎么说的？

> 师父，我知道你了，你见他那等容貌，必然动了凡心……就在这里搭个窝铺，你与他圆房成事……取甚经去！

老实说，这就不是讨论问题的态度！

孙悟空说"我火眼金睛，认得这是妖怪"了吗？说"我看出这妖怪本相，是个什么成精"了吗？为什么不讲清楚自己观察的结果，反倒用这"动凡心"的话来抢白唐僧，唐僧还有什么解释的必要？

所以，在"一打白骨精"整个故事中，唐僧从头到尾都在怀疑，他尽凡人最大的努力及时发现蹊跷、抓住漏洞、积极质疑，而且他还做到了在没有也无法判断对方是人是妖时，及时阻住了孙悟空的第一棍，以免误伤无辜。这应该说没有半点可以质疑的吧。

谁主张，谁举证。唐僧主张村姑不是妖，且凭他凡人的最大能力调查并举证了：她是来斋僧的。孙悟空具有判别是非的能力，主张是妖，理论上，他应该举出更多的证据才有助于团队的合作。可孙悟空举出的证据在哪里呢？

其实这就看出孙悟空傲岸不羁的一面，他不屑于和一个凡人辩论：你爱信就信，不信就不信，老子懒得和你多讲。所以，他只凭一句毫无道理的抢白话，直接终止了辩论。这对于解决问题，毋宁说是最高效的办法，但却是最破坏团结的办法。

二打白骨精

白骨精的第二次变化是这样的：

好妖精，按落阴云，在那前山坡下，摇身一变，变作个老妇人，年满八旬，手拄着一根弯头竹杖，一步一声的哭着走来。八戒见了，大惊道："师父！不好了！那妈妈儿来寻人了！"唐僧道："寻甚人？"八戒道："师兄打杀的，定是他女儿。这个定是他娘寻将来了。"行者道："兄弟莫要胡说！那女子十八岁，这老妇有八十岁，怎么六十多岁还生产？断乎是个假的，等老孙去看来。"……行者认得他是妖精，更不理论，举棒照头便打。那怪见棍子起时，依然抖擞，又出化了元神，脱真儿去了；把个假尸首又打死在山路之下。

有人说孙悟空机智，能一下子想到"那女子十八岁，这老妇八十岁，怎么六十多岁还生产"。这个逻辑，唐僧又不傻，何尝想不到？所以他这里，从头到尾只说了一句话："寻甚人？"其余的对话，都是孙悟空和猪八戒在 PK。

其实原著根本没有说老太太哭的谁。老太太根本没有自认她和那小姑娘有什么关系。一切混乱的起源是猪八戒胡猜乱道（先不管他是故意的还是真蠢）。孙悟空一照面就打，白骨精连说话的机会都没有，就被打倒了。

所以第二场，唐僧一点有效信息都没有得到。他没有听到老太太的任何话，孙悟空也没有给妖精任何露破绽的机会，而且孙悟空处理得实在急躁了些，说得严重一点，倒像是尽早杀人灭口了！这哪里看得出唐僧人妖不分、是非颠倒？

1986 版电视剧《西游记》里，这老太太哭着找女儿来了，还问唐僧女儿的下落，发现女儿尸体又哭了一场，前前后后，说了好多话。这其实是个大 bug。唐僧见到那个村姑，都知道盘问半天，现在见到一个八十多岁的老太太自认是十八岁小姑娘的妈，如何不起疑心？这就把唐僧演得太蠢了！

三打白骨精

白骨精第三次变化了一个老公公，这一场是这样的：

> 唐僧在马上见了（老公公），心中欢喜……八戒道："师父……那个是祸的根哩。"唐僧道："怎么是祸根？"八戒道："行者打杀他的女儿，又打杀他的婆子，这个正是他的老儿寻将来了……那行者使个遁法走了，却不苦

了我们三个顶缸？"

行者听见道："这个呆根，这等胡说，可不唬了师父？等老孙再去看看。"他把棍藏在身边，走上前迎着怪物，叫声："老官儿，往那里去？怎么又走路，又念经？"那妖精错认了定盘星，把孙大圣也当作个等闲的，遂答道："长老阿，我老汉祖居此地……止生得一个小女，招了个女婿，今早送饭下田，想是遭逢虎口。老妻先来找寻，也不见回……"行者笑道："……你瞒了诸人，瞒不过我，我认得你是个妖精！"那妖精唬得顿口无言。行者掣出棒来，自忖道："若要不打他，显得他倒弄个风儿；若要打他，又怕师父念那话儿咒语。"又思量道："不打杀他，他一时间抄空儿把师父捞了去，却不又费心劳力去救他？还打的是。就一棍子打杀他，师父念起那咒，常言道'虎毒不吃儿'。凭着我巧言花语，嘴伶舌便，哄他一哄，好道也罢了。"

好大圣，念动咒语叫当坊土地、本处山神道："这妖精三番来戏弄我师父，这一番却要打杀他。你与我在半空中作证，不许走了。"众神听令，谁敢不从？都在云端里照应。那大圣棍起处，打倒妖魔，才断绝了灵光。

这一场，孙悟空和妖精虽然有对话，但是这对话发生在远处，是孙悟空迎上前去，和白骨精说的话，唐僧根本就没有听见。否则孙悟空又是念咒，又是安排的，唐僧难道一点都不知道？也就是说，第三次打白骨精时，唐僧一点信息都没得到，他还没有任何动作，白骨精就被孙悟空打死了，这哪里又看得出唐僧人妖不分、是非颠倒？他连了解的机会都没有！

　　况且唐僧在赶孙悟空走时，也一直说"你一连打死三人"，他眼里只看见孙悟空"把平人打死一个，又打死一个"，如此而已！

怎样对待证据

　　白骨精最厉害的本事，莫过于解尸法，这是留下假尸体当作证据的办法，不管它留下的尸体是借的真人的（1986 版电视剧《西游记》），还是只能撑一会儿的幻术，总之短时间内是看不出来的。但是最后一次，孙悟空把白骨精打出了原形，唐僧为何还是不信呢？

　　　　那唐僧在马上，又唬得战战兢兢，口不能言。八戒在傍边又笑道："好行者，风发了！只行了半日路，倒打死三个人！"唐僧正要念咒，行者急到马前，叫道："师父，莫念！莫念！你且来看看他的模样。"却是一堆粉骷髅在那里。唐僧大惊道："悟空，这个人才死了，怎么就化作一堆骷髅？"行者道："他是个潜灵作怪的僵尸，在此迷人败本；被我打杀，他就现了本相。他那脊梁上有一行字，叫作'白骨夫人'。"

　　　　唐僧闻说，倒也信了，怎禁那八戒傍边唆嘴道："师父，他的手重棍凶，把人打死，只怕你念那话儿，故意变化这个模样，掩你的眼目哩！"唐僧果然耳软，又信了他……

　　这里有物证：一个人死了，不可能立即化为白骨。所以唐僧第一选择是信悟空。但是八戒又提供了一个可能：这是孙悟空的障眼法。

　　从这里，能看出原著的逻辑其实是很严密的！这其实是一个罗生门事件。白骨精会解尸法，能留假证据；以孙悟空的神通，又何尝不会使障眼法，消灭真证据？站在唐僧的角度来看，他真的是难以判断，到底是孙悟空在行凶，还是妖怪幻化？

　　还有，第一次村姑留下的饭菜变成了蛆和蛤蟆，原著是这样描写的：

> 　　行者道："师父莫怪，你且来看看这罐子里是甚东西。"沙僧搀着长老，近前看时，那里是甚香米饭，却是一罐子拖尾巴的长蛆；也不是面筋，却是几个青蛙、癞虾蟆，满地乱跳。

　　从沙僧和唐僧离饭菜较远来看，逻辑上来说，孙悟空有足够的时间把真米饭变成蛆和蛤蟆。

　　第二次老婆婆没有留下物证，第三次，老公公有一句口供，就是他轻敌了之后（错认了定盘星），随口编的一个有破绽的话，说老太太是他妻子，小姑娘是他女儿，这就真犯了那个"六十多岁还生产"的 bug。但是，孙悟空何不把这句话向唐僧转述一番，以指出其中的破绽呢？这很简单，眼前摆着一堆白骨，猪八戒犹且指为孙悟空的障眼法，由孙悟空单方面转述的和老公公的对话，又如何能取信于唐僧？

　　况且，第三次这堆白骨出现时，孙悟空有时间跑回去请师父来看骷髅，为何不能在跑回去之前，先把老公公的尸体变成骷髅？据原著，唐僧并没有见到老公公在眼前化为骷髅，足见他离现场有一段距离。

所以只有细读原著，才能发现这些问题。各种戏曲和影视，几乎都把白骨精提供的信息，处理成公开的，让师徒四众都同时听到、看见。唐僧在知道了这些信息之后，还执意把孙悟空赶走。这就是有意把唐僧往人妖不分、愚不可及上面拉扯！其实这是对原著的误解。

我一直在讲《西游记》是平静温和地面对人性的，所以，三打白骨精这一段，我们也不要理解为批判唐僧。面对现有的信息，他只能这样做。最近有些影视，开始往这个本意上回归了。

概率与经验

肯定有人要说，孙悟空不是火眼金睛吗，难道唐僧还不信？在遇到白骨精之前，孙悟空展示过大约六次火眼金睛，两次辨识神仙成功，三次不详，一次失败，成功率非常低，这要唐僧如何相信孙悟空的能力？所以，在没有外界有效信息可以佐助判断的时候，唐僧只能听从两个声音，一个是经验，一个是概率。关于火眼金睛的准确率问题，本书还会详细统计。

经验是对以往的总结：孙悟空在唐僧面前曾经打死过六个毛贼。概率是对未来的预估：碰上一个妖怪假变的人，概率就算二分之一，一连碰上三个，概率就是八分之一了！真相虽然是一个会解尸法的妖怪变了三次，但这是小概率事件，谁也想不到。假如每碰上一件蹊跷的事，就都怀疑人家是妖怪，那也就寸步难行了。

当然我们不能赞扬唐僧如何如何，起码，不能这样丑化他。

唐僧何尝不是用这种概率性的思维想问题呢？他见老太太被打死，立即指责孙悟空说："你把平人打死一个，又打死一个，此是何说？"孙悟空说她是妖精，唐僧就说："这个猴子胡说！就有这许多妖怪？"

从这两个前提出发，孙悟空被冤枉是必然的！

白骨精是人是妖很重要吗？

唐僧变虎之后，猪八戒去请孙悟空回来降妖。最后师徒相见，孙悟空把唐僧变回原形，原文是这样的：

> 长老现了原身，定性睁睛，才认得是行者。一把挽住道："悟空！你从那里来也？"沙僧侍立左右，把那请行者降妖精，救公主，解虎气，并回朝上项事，备陈了一遍。三藏谢之不尽，道："贤徒，亏了你也！亏了你也！这一去，早诣西方，径回东土，奏唐王，你的功劳第一。"行者笑道："莫说！莫说！但不念那话儿，足感爱厚之情也。"唐僧复得了孙行者，师徒们一心同体，共诣西方。

这里从头到尾，其实并没有对孙悟空三打白骨精的行为，给出任何洗白。师徒只是互相感谢，说一些场面上的话，竟然绝口不提白骨精的事。

　　此前呢？也没有。唐僧赶走孙悟空后，很快就被黄袍怪抓了。1986版电视剧《西游记》安排了一个黑狐精，给唐僧讲明真相，其实在原著里是没有这个情节的！唐僧被放出来后呢？也没有任何人和他提白骨精的事，这件事，就这样过去了！

　　所以可以看出：孙悟空火眼金睛能够识别妖怪这一点，并不是原著最想强调的！我们今天的相关文艺作品，喜欢强调这一点，实际上是失去本意了。况且我也说过，火眼金睛辨识率并不是很高，就算能辨识妖怪，似乎孙悟空也不善于或不愿意描述。

　　那么，作者想强调的是什么呢？其实有三个地方点了题。

　　第一是孙悟空走后：却说唐僧听信狡性，纵放心猿。

　　第二是"唐僧复得了孙行者，师徒们一心同体，共诣西方"。这就是取得了唐僧的理解。

　　第三是孙悟空离开花果山的时候，突然有这样一个奇怪的举动：

　　　　那大圣才和八戒携手驾云，离了洞，过了东洋大海，至西岸，住云光，叫道："兄弟，你且在此慢行，等我下海去净净身子。"八戒道："忙忙的走路，且净甚么身子？"行者道："你那里知道。我自从回来，这几日弄得身上有些妖精气了。师父是个爱干净的，恐怕嫌我。"八戒于此始识得行者是片真心，更无他意。

　　这就是取得了八戒的理解。取经队伍是五个人，沙僧不发表意见（原著如此），白龙马基本不会说话，孙悟空以一对二。他的两个反对者，至此都理解孙悟空了。

如果说原著对孙悟空有洗白，也就是这么几处而已。如果把取经队伍看作一个团队，原著实际强调的是队伍的团结。如果看作一个人，实际强调的是身心的和谐。孙悟空打的是人是妖，并不重要！

老实说，孙悟空拥有取经队伍里的最强武力和最高判断力，他的判断是足够可靠的，但是他的问题，前面也说过了，就是他不愿意解释，不愿意分辩，唐僧摆出了怀疑态度，他还抢白。他采取的是效率最高的解决办法，同时也是最破坏团结的解决办法。他的判断力没出问题，反倒是大家对他的接受程度出了问题。

比如第一次面对那个少女，如我所说，唐僧还尽最大能力进行了辨析，可是孙悟空通过抢白让师父闭嘴，然后就是"发起性来，掣铁棒，望妖精劈脸一下"。第二次打老婆婆，唐僧就懒得辨析了，白骨精还没讲话，孙悟空就是劈头一棒。第三次唐僧更是一句话没说，却写了孙悟空的内心独白：

> "不打杀他，他一时间抄空儿把师父捞去，却不又费心劳力去救他？还打的是。就一棍子打杀他，师父念起那咒，常言道，'虎毒不吃儿'。凭着我巧言花语，嘴伶舌便，哄他一哄，好道也罢了。"

问题就在这里啊：他宁愿高姿态，去费心劳力救；甚至低姿态，巧言花语哄，只是不肯和唐僧平等地交流，就愿意一棍子了事。为什么？

其实每个单位或每个团队里都有这种强硬势力，他可以对能力低的人决断杀伐，也可以花言巧语，其实本质上，还是对这些不如他的人看不起，高高在上。费心劳力救，固然是一种施舍；巧言花语哄，何尝又不是一种施舍？能力？有。只是态度傲慢，不屑和你讨论问题，还堵你的嘴。你窝囊，就只好受着。这大概也是许多团队里闹矛盾的一个原因吧。

火眼金睛辨识率还没及格？

众所周知，孙悟空会火眼金睛，能够认出妖怪的本相。

尤其是三打白骨精这一回，在 1986 版电视剧《西游记》里，从孙悟空的眼里看来，白骨精的骷髅头是叠加到了老公公的脸上。敢情火眼金睛像 X 光一样，无论什么妖怪在孙悟空面前一晃，他都能认清妖怪的本来面目。

但是原著里是这样的吗？

完全不是！这是电视剧给孙悟空这项能力的强化！甚至可以说，是质的变化！

所以，不妨把《西游记》原著中所有关于火眼金睛的情节都扒出来，看一看这到底是什么法术。

火眼金睛第一个作用：遥感

首先说说孙悟空的火眼金睛的来历。看过原著的读者就知道，它是在老君炉里炼出来的：

他即将身钻在巽宫位下。巽乃风也，有风则无火。只是风搅得烟来，把一双眼熰红了，弄做个老害病眼，故唤作"火眼金睛"。

这句话可以当幽默听，也可以当真事听。孙悟空第一次展示"火眼金睛"，是出了五行山后：

> 他打个唿哨，跳在空中。火眼金睛，用手搭凉篷，四下里观看，更不见马的踪迹……行者道："你也不知我的本事。我这双眼，白日里常看一千里路的吉凶。像那千里之内，蜻蜓儿展翅，我也看见。何期那匹大马，我就不见？"

注意，火眼金睛更像是一种望远镜，不仅带有遥感功能，在估算距离方面更是从来没有出过差错，例如在流沙河、通天河、荆棘岭等地，都是基本准确地估算出"八百里"或者"千里之遥"。这个功能从来没有失效过。

拥有这样遥感能力的神仙，也不是没有，而且好像更专业。比如孙悟空刚出世的时候，千里眼和顺风耳就已经远远观察过他了。千里眼和顺风耳，并不是《西游记》的独创。"千里眼"在《魏书》里就出现了，说的是一位叫杨逸的官员，特别恨当地的豪强，设了很多耳目监察他们，所以人称杨逸有"千里眼"。这个词成了惯用语之后，民间故事里也就有了"千里眼"神了。如另一部较早的小说《三遂平妖传》里面就有"千里眼"。

火眼金睛的辨识原理

在原著里，孙悟空辨识对方是妖是神，并不是透过对方的外表看到本相，而是完全靠围绕着对方的云雾判断。这在原理上，有点像红外热像仪，而不是 X 光透视。这在书中有大量的例子。

比较详细地描写孙悟空展示火眼金睛，是在"四圣试禅心"那一回：

> 行者闻言，急抬头举目而看，果见那半空中庆云笼罩，瑞霭遮盈，情知定是佛仙点化，他却不敢泄漏天机，只道："好！好！好！我们借宿去来。"

但是他见了几个美女之后，也看不出来是什么菩萨点化。以至于次日师徒发现自己身处林中，高楼大厦不见踪影，孙悟空说：

> 昨日这家子娘女们，不知是那里菩萨，在此显化我等，想是半夜里去了，只苦了猪八戒受罪。

通过这些描写，我们大概能知道孙悟空的火眼金睛是个什么水平了：他似乎是能通过"望气"的方式，而且必须提高注意力，才能看出对方的基本来路，但是并不能看穿本相。

再如小西天那一回：

> 行者看罢，回复道："师父，那去处是便是座寺院，却不知祥光瑞霭之中，又有些凶气何也。观此景象，也似雷音，却又路道差池。我们到那厢，决不可擅入，恐遭毒手。"

这也说明孙悟空并不能看出具体的本相，只是摸个大概。还有琵琶洞蝎子精这一回：

> 行者急睁睛看，只见头直上有祥云盖顶，左右有香雾笼身。行者认得，即叫："兄弟们，还不来叩头！那妈妈是菩萨来也。"

又如孙悟空和莲花洞两个小妖赌装天，孙悟空叫来了哪吒太子之后："行者仰面观之，只见祥云缭绕，果然有神。"又如孙悟空在乌鸡国，见乌鸡国里"怪雾愁云漠漠，妖风怨气纷纷"，于是就判断"只因妖怪侵龙位，腾腾黑气锁金门"。同理他看灭法国也是这样的，通过看到祥光喜气断定不是妖怪当了国王，灭法只是国王脑袋抽风。

又如在老鼠精变化了女子骗唐僧时：

> 却说大圣纵筋斗，到了半空，伫定云光，回头观看，只见松林中祥云缥缈，瑞霭氤氲……他（唐僧）是金蝉长老转世，十世修行的好人，所以有此祥瑞罩头……忽然见林南下有一股子黑气，骨都都的冒将上来。行者大惊道："那黑气里必定有邪了。我那八戒、沙僧却不会放甚黑气。"那大圣在半空中，详察不定。

又如辨识玉兔精：

> 头直上露出一点妖氛，也不凶恶。

所以，结合以上所有例子来看，火眼金睛其实是一种望气之术。必须在有祥云、瑞霭或者妖气的时候，孙悟空才能看出对方是神还是妖。反之，妖气被盖住，他连遥感功能都没有了，更看不出本相。典型的例子，比如黄袍怪那一回，奎木狼被孙悟空打败后逃跑：

> 你道他在那里躲避？他原来是孙大圣大闹天宫时打怕了的神将，闪在那山涧里潜灾，被水气隐住妖云，所以不曾看见他。

所以，只要云气被掩盖了，火眼金睛的功能就全都失效了。这更加证实了火眼金睛的功能是通过感应对方周围的气场、云雾甚至温度来成像的，而并不是直接透视本相！

这种望气的本领，不光孙悟空有，别的妖怪也有，可能只是强弱不同，例如银角大王就可能有：

> 正走处，只见祥云缥缈，瑞气盘旋。二魔道："唐僧来了。"众妖道："唐僧在那里？"二魔道："好人头上祥云照顶，恶人头上黑气冲天。那唐僧原是金蝉长老临凡，十世修行的好人，所以有这祥云缥缈。"

这种对祥云、黑云的感知，只要是有灵性的妖怪，多少都具有一点。

甚至唐僧都有一点这种本领！例如在隐雾山，豹子精喷风，唐僧就说"这风来得甚急，决然不是天风"。孙悟空反倒大意了，后来发现了是豹子精弄风，孙悟空才说："我师父也有些儿先兆，他说不是天风，果然不是，却是个妖精在这里弄喧哩。"这就是对妖怪的直觉。所以，对火眼金睛实在不必刻意拔高。

辨识需要集中精力

荆棘岭上，树妖变化了土地神来迎接唐僧，原著是这么说的：

> 不知行者端详已久，喝一声："且住，这厮不是好人，休得无礼！你是甚么土地，来诳老孙。"

可见，"端详已久"是辨识成功的重要条件，而且端详已久之后，还是不能看出什么妖，只是判断对方不是好人。辨识老鼠精那一回，也特别说了"详察不定"，也是需要仔细观察的意思，而且"详察"了都未必能定。结合前面的各种条件看，这已经能得知火眼金睛能力的上限和下限了。

这就像高手鉴定文物，原则上说，他们的眼力是很厉害的，但也需要拿个放大镜慢慢看，甚至还得查资料，反复验证。如果只是拿一个文物在他眼前晃一下，除非假得离谱，否则谁也鉴定不出来。况且，再高的高手，也有走眼的时候。所以我们不必为孙悟空鉴定失败感到遗憾或诧异，这就是真实。

另外，孙悟空在黄风山、狮驼岭遇到了太白金星，都没有看出来。在平顶山日值功曹变作了樵夫来报信，孙悟空和他说了好大一会儿话，也没有发觉，直到樵夫腾云走了，才在云端里发现是日值功曹。这应该还是没有刻意地去辨识对方的缘故。

孙悟空的三次辨识失败

孙悟空在整部书中，对妖精有 3+1 次辨认的大失败。之所以说是 3+1，是因为前面三次与另外一次不一样。

第一次是乌鸡国的国王变化成了唐僧，按说孙悟空有火眼金睛，却不知为何认不出。原著中，孙悟空召来护法神，说："老孙至此降妖，妖魔变作我师父，气体相同，实难辨认。汝等暗中知会者，请师父上殿，让我擒魔。"孙悟空自己把难以辨认的原因讲出来了，那就是"气体相同"。

第二次是黑水河，鼍龙变了一个艄公来摆渡。孙悟空并没有看出他的原形，而是让八戒、唐僧上船走了，谁知半途就翻了船。孙悟空说："不是翻船。若翻船，八戒会水，他必然保师父负水而出。我才见那个棹船的有些不正气，想必就是这厮弄风，把师父拖下水去了。"但早看出不正气又有什么用呢？师父已经被弄了去了。

第三次是牛魔王，这个大家也都知道。牛魔王为了骗回扇子，变化了猪八戒的形象来套近乎。孙悟空不察觉，就把扇子给了牛魔王。引起后来一系列麻烦。否则早就成功了！

这里"气体"，不是氢气氧气那个气体，而是指人的气质或某些特性，只要妖怪有能力变得和唐僧"气体相同"，那孙悟空的火眼金睛就失效了！辨识鼍龙失败也是这样的，他并不能看出艄公的本相，只是感觉到有些"不正气"。鼍龙本来也不是纯粹的妖怪，只是个惯坏了的龙子，带出些"不正气"是很正常的，终不能说他就是十恶不赦的人。

至于为何没有辨识出牛魔王，这个也可以理解。猪八戒和牛魔王，一个是猪成精，一个是牛成精，猪和牛，本来就是"气体"相同或相似的。老母猪鼻子插葱都能装象，何尝不能装牛？如果不集中注意力，是很难辨认的。这就好比有些奸商喜欢把猪肉处理一下，当牛肉卖，就算是天天吃肉的人，如果不细细咀嚼，也很难分辨出来，只是牛魔王明明是牛，非得冒充猪，一斤得少卖十多块啦！

所以火眼金睛不是一个必然的、无差错率的法术，它不是像电脑游戏一样，只要按一下鼠标就一定发大招，而是和普通人的视力一样，也有出错的时候。又像文物专家鉴宝，得仔细看，结合经验用心看，各种细节都看到，否则也有走眼的可能。

三打白骨精时，孙悟空其实也看不出妖怪的本相，只能看出对方身上有妖气而已，不过那也比唐僧强些。但有时候他也拿不准，比如在小西天，他就疑惑"却不知祥光瑞霭之中，又有些凶气何也"，玉兔公主"头直上微露一点妖氛"，这样的情况，他也不好说到底是不是妖怪。但是火眼金睛经过影视的渲染拔高，我们就以为孙悟空一看一个准儿，成功率百分之百，而唐僧还赶他，可不都替孙悟空觉得憋气！

另外，所谓的那个 +1，是黄风怪那一回：

　　却说那行者、八戒，赶那虎下山坡，只见那虎跑倒了，塌伏在崖前。行者举棒，尽力一打，转振得自己手疼。八戒复筑了一钯，亦将钯齿迸起。原来是一张虎皮，苫着一块卧虎石。行者大惊道："不好了！不好了！中了他计也！"

这段有两个问题需要注意：

第一，虎先锋只是一张虎皮盖住了石头，孙悟空火眼金睛居然看不穿，还在那打，以至于延误了战机，被虎先锋脱了真身，把唐僧摄走了。

第二，孙悟空的金箍棒（包括猪八戒的钉耙），在"尽力一打"的情况下，居然打不碎一块石头？要知道孙悟空在五庄观自己说这棍子打石头如粉碎，撞生铁也有痕。他在乌鸡国的宝林禅寺示威，把一个石狮子一下打得粉碎。在观音院给僧人们示威，也是一棍打碎砖墙，就算那墙是烧的，还震倒了七八层墙。为何这次金箍棒就像一根普通棍子一般了？

这一点正可以解释为黄风怪故事比较早（见于《朴通事谚解》），而五庄观、乌鸡国、观音院故事插入得比较晚，金箍棒的威力、孙悟空的眼力没有调整统一，就出现了这种情况。

火眼金睛的成功率

综合全书来看，火眼金睛的辨识成功率似乎有这样几个特征：忽高忽低，对神佛成功率高，对妖怪低。最高的一次，是一眼辨识出了接引佛祖；最低的一次，是和牛魔王变的猪八戒说了很久的话都察觉不到。

我大概估算了一下孙悟空的辨识成功率，整部书中，他使用火眼金睛辨识对方（包括人物和宅院）大概有三十一次，剔除一些有争议的，成功十八次，失败十一次，成功率约百分之五十八，还没有及格！

在这种不及格或接近及格的情况下，唐僧如何死心塌地地相信孙悟空的眼力？如何真正能和他同心同德？

慧眼和天眼

《西游记》里真正比火眼金睛还高级的，是佛教的"慧眼"。

慧眼具有遥感功能。例如如来和孙悟空赌赛，"佛祖慧眼观看，见那猴王风车子一般相似不住，只管前进"。

慧眼才具有看穿本相的功能。例如在小西天那一回，弥勒佛让孙悟空变个瓜，引诱黄眉怪来吃，孙悟空担心弥勒佛不认识自己变的瓜。弥勒笑道："我为治世之尊，慧眼高明，岂不认得你！凭你变作甚物，我皆知之。但恐那怪不肯跟来耳。"

这样看，《西游记》中的慧眼，才是真正意义的、我们今天理解的火眼金睛。

慧眼属于佛教"五眼"之一，这五眼分别是：肉眼，为肉身所具之眼；天眼，为色界天人因修禅定所得之眼，此眼远近、前后、内外、昼夜、上下皆悉能见；慧眼，为二乘人之眼，能识出真空无相，亦能轻易洞察一切现象皆为空相、定相；法眼，即菩萨为救度一切众生、能照见一切法门之眼；佛眼，具足前述之四种眼作用，此眼无不见知，乃至无事不知、不闻，闻见互用，无所思惟，一切皆见。

孙悟空的"火眼金睛"，能力低于慧眼，高于唐僧的肉眼，那自然属于天眼这个档次了。但是他在天眼这个档次中，肯定不是最上乘的，可能只比肉眼高一些，因为他经常这样说：

　　急收云头，按落河边道："师父，宽哩！宽哩！去不得！老孙火眼金睛，白日里常看千里，凶吉晓得是。夜里也还看三五百里。如今通看不见边岸，怎定得宽阔之数？"

他确实能见昼又见夜，能看千里之遥，还能看见细节，但夜间的水平不如白天，且远近、前后虽然能见，内外却不能见；所以他在车迟国隔板猜物的时候，在柜子外面并不能见到里面有什么东西，必须变成虫子飞进去才能知道。

辨识妖怪变化人形，比起隔着柜子看东西，难度当然又高了一层，所以孙悟空更不能看穿妖怪本相，只能根据外围吉凶云气推测了。他能比较容易辨认出菩萨、佛祖，恐怕只是因为神佛显露的云气特别明显或者各有特色而已。

慧眼的能力是能识出真空无相，亦能轻易洞察一切现象皆为空相、定相，所以慧眼才能真正识别法术的变身。法术变身，能把整个身子都变成另外一个样子，这当然不是物理上的内外、前后等概念所能涵盖的。这个原理，其实黑熊怪那一集就透露给我们了：

> （菩萨变作了黑熊怪的朋友凌虚子之后）行者看道："妙阿！妙阿！还是妖精菩萨，还是菩萨妖精？"菩萨笑道："悟空，菩萨、妖精，总是一念；若论本来，皆属无有。"

也就是说，看穿变化的本相，必须得"悟空"，即明白了万物皆空的道理之后，再去观察万物的变化，才能抓住它的本质。这正是慧眼的功能，也是取经路上的孙悟空所不能企及的。换句话说，他这个"悟空"的名字，正是教他变化的须菩提祖师对他的期待！

　　这一讲的题目其实有标题党的嫌疑，因为我经常说今天《西游记》很可能不是出于一人之手，就这部积累而成的大书来说，是不能这样计算成功率的，不同作者来写火眼金睛，必然就不一样。火眼金睛在前七回是一种眼病，后九十多回忽然就变成一个厉害的法术。有些作者可能觉得它厉害些，例如最后一次，孙悟空一下子认出了接引佛祖；有些作者可能觉得不厉害，例如黄风山那回，一次被虎皮盖的石头迷惑，一次不认得太白金星。这恐怕是孙悟空火眼金睛成功率忽高忽低的一个重要原因。但无论是成于众手，还是有人来统稿，《西游记》的这些作者应该是有这样一个共识：火眼金睛的水平，到不了弥勒佛所声称的佛教慧眼的程度，基本上徘徊在望气这个层面上。

附录

孙悟空辨识记录

辨别对象	辨别结果	备注
鹰愁涧水神	成功	
落伽山土地	可不计	
虎先锋脱的皮	可不计	
太白金星指路	失败	
四圣显化	成功	只能定性，未看出哪几个菩萨
镇元子变化的全真	不详	因为不是妖
白骨精	成功	
白骨精	成功	
白骨精	成功	

辨别对象	辨别结果	备注
平顶山日值功曹	失败	
银角大王变身	成功	
假唐僧	失败	
红孩儿变的小孩	成功	
黑水河	失败	
青牛精变化的庄园	成功	
观音化身指示琵琶精出处	成功	
六耳猕猴	失败	或者可不计
牛魔王变猪八戒	失败	
荆棘岭树妖变土地	成功	
辨识小西天	成功	
蜘蛛精变的庄园	失败	
蜈蚣精的黄花观	失败	以上两个都是未看出妖气，及时劝阻，所以算猴子失败。假如这两个可以不算，那四圣、青牛精、小西天几个成功的也可以不算
狮驼岭太白金星报信	失败	
比丘国宝殿辨识国丈	成功	
老鼠精变的女子	成功	
灭法国菩萨化身报信	成功	
隐雾山小妖第一次化身	失败	
隐雾山小妖第二次化身	失败	
玄英洞三犀牛变佛祖	成功	
辨识玉兔	成功	微露一点妖氛
凌云渡辨识接引佛祖	成功	

如何正确地使用法宝

《西游记》里妖怪们的本领，无非是四种：硬打（例如黑熊怪）、法术（例如黄风怪）、幻化（例如白骨精），以及各种强力法宝。这篇我们就说一说各种法宝。

紫金葫芦和羊脂玉净瓶

拥有法宝最多的，应该是平顶山（不是河南那个）莲花洞里住着的金角大王和银角大王，他们有五件法宝：紫金红葫芦、羊脂玉净瓶、幌金绳、七星剑、芭蕉扇。其中紫金红葫芦出场最多。用法很简单："底朝天，口朝地，叫人一声名字，答应了就嗖的一声装进去。"

这种法宝，反映的其实是遍布全人类的巫术思维："姓名禁忌"。

几乎所有地方的原始人，都有这样一种认识：人的名字一旦取了之后，就和他的灵魂关联到了一起。如果名字受到了干扰，灵魂也会同时受到影响。一种法术作用到他的名字上，就相当于作用到了他身上。弗雷泽的《金枝》说，印第安人部落，只有内部互相知道成员的名字，而绝不泄露给外人，因为害怕外边的巫师利用名字施魔法，伤害自己。

　　名字就像数据库里的指针，指向你的灵魂。哪怕是临时取的如"者行孙"，也和你的灵魂发生了联系。答应了，法宝就会生效。

　　《封神演义》里，陆压用"钉头七箭书"害赵公明，也是一样的道理：

> 营内筑一台。扎一草人；人身上书"赵公明"三字，头上一盏灯，足下一盏灯。自步罡斗，书符结印焚化，一日三次拜礼。

　　等到二十一天之后，陆压拿来了一副小弓箭，向草人左眼一箭，右眼一箭，当心一箭。于是赵公明在商营里先是双目失明，最后气绝身亡，也是一样的道理。

　　学过鲁迅先生的《从百草园到三味书屋》，都知道里面有条美女蛇。能喊人的名字，如果答应了，半夜里就会来吃他的肉。这也是一样的道理：你的名字连着你的灵魂，你答应了，就等于把灵魂的线索交给了蛇妖。

　　很多人小时候有个小名，长大了再取"学名"。其实这也有"姓名禁忌"的痕迹。因为小孩子灵魂还很弱小，小名如果不外传，外人不知道，也就无法伤害到他了。女孩的名字也不能轻易问，大概也是因为过去人认为女孩的灵魂比较娇弱，只有提亲的时候才能问，这就形成了古代婚礼的一个重要环节"问名"。

　　直到现代，法院出告示枪决死刑犯时，犯人的名字往往用大红笔打个叉，就表示把他消灭掉了，这其实都是巫术心态的体现。

　　中国人还有给起贱名的习俗，比如狗蛋、粪球、茅厕。这其实是对姓名巫术的反制：你不是知道我的名字了吗？但我的名字太贱，所以能破你的法术。这和屎尿、猪狗血破法术的道理是一样的。

姓名禁忌巫术还造成了一个文化现象，就是"避讳"。过去的老百姓，对皇帝、大官的名字都要避讳，例如唐太宗名叫李世民，所以唐代人凡是写到"民"字，都写成"人"。《捕蛇者说》里"以俟夫观人风者得焉"里，"人风"其实就是"民风"。实在避不过去，就缺一笔，表示尊重。

这种习俗，到今天还有若隐若现的痕迹。有些地方，上级领导到下级视察、开会，如果级别差太多，下级布置会场的时候，领导的姓名牌有时候会直接写"首长"，而不是写领导的名字，这其实也是一种避讳。

法宝得和主人搭

要说法宝，《封神演义》里的法宝比《西游记》多得多，但是《封神演义》里的法宝，太杂太乱，相互关系又不明显，就知名度来说，实在不如《西游记》的法宝给我们的印象深刻。

比如说，猴子喜欢玩树枝、玩棍子，就给他配个金箍棒；猪八戒蠢蠢的，就给他配个钉耙；青牛精是太上老君的坐骑，使金刚圈当然再合适不过。赛太岁本来是犼精，正好脖子下面有金铃铛；通天河的鱼精从观音那逃走的时候，顺走了根花骨朵，变成了大锤。这就叫涉笔成趣，是《西游记》的高明之处，比毫没来由的牵扯强得多。如果改一改，猪八戒使剑，孙悟空使双锤，那就不搭了。

所以配法宝和我们买东西一样，是门学问。就像我要给自己的 iPad 配个保护套，超市小姑娘拿了一堆花花绿绿的，最后我还是挑了一个纯黑皮面的。

法宝不能随意继承

法宝换主人的另外一种情况，就是被后任主人继承。这很常见，比如关公可以继承吕布的赤兔马，电脑游戏打倒 boss 也可以捡宝，但没有继承没有归宿也不合适。比如《封神演义》里的杨任，他的法宝是飞电枪、神火扇、云霞兽，但他被袁洪打死之后，这几件法宝都哪里去了？书里都没说。

所以孙悟空灭了金角银角，独得五件法宝，就一定要安排太上老君出来，讲讲这些法宝的来源，还噼里啪啦说一通道理，什么"这是菩萨考验你们诚心啊"。毋宁说这都是作者编出来的一个理由。作者为什么要这么做呢？

我们且看第三十五回的最后一场战斗，当听到狐阿七大王来报复的时候：

> 行者笑道："放心！放心！把他这宝贝都拿来与我。"
> 大圣将葫芦、净瓶系在腰间，金绳笼于袖内，芭蕉扇插在肩后，双手轮着铁棒，教沙僧保守师父，稳坐洞中；着八戒执钉钯，同出洞外迎敌。

这真是开外挂的既视感啊！缴获的道具，除了七星剑，全都装备上了！从第一句话看，孙悟空也在意这些宝贝的。如果猴子把这几样宝贝一路带到西天，作者得设计多少节外生枝的剧情，得考虑到多少克制这些法宝的因素，才能让猴子不至于这样开外挂，碰到危机又不至于忘了用？

有文章据此推测菩萨或天宫的用意，那未免求之过深了。因为太上老君所谓的考验诚心，只是借口，他出来的真实目的就是使孙悟空无法把法宝据为己有。作者不编，太上老君岂能自己冒出来？而且此前此后，再也没有类似的情节与之照应。

法宝是神魔小说必备的梗，不写能好看吗？但《西游记》比其他小说高明的地方，就在于它都基本妥善地处理了这些法宝的来源和归宿。基本上，有法宝的妖精，一般都有后台。后台来了，自然就会把妖精连同法宝收走。在火焰山，没有后台的罗刹女又是怎么得回法宝的？

> 行者道："那罗刹，你不走路，还立在此等甚？"罗刹跪道："万望大圣垂慈，将扇子还了我罢。"八戒喝道："泼贱人，不知高低！饶了你的性命，就够了，还要讨甚么扇子，我们拿过山去，不会卖钱买点心吃？费了这许多精神力气，又肯与你？雨蒙蒙的，还不回去哩！"罗刹再拜道："大圣原说扇熄了火还我。今此一场，诚悔之晚矣。只因不偶傥，致令劳师动众。我等也修成人道，只是未归正果。今见真身现象归西，我再不敢妄作。愿赐本扇，从立自新，修身养命去也。"土地道："大圣！趁此女深知熄火之法，断绝火根，还他扇子。小神居此苟安，拯救这方生民，求些血食，诚为恩便。"（然后行者问清楚永断火根之法，望山头连扇四十九扇，才还扇子。）那罗刹接了扇子，念个咒语，捏做个杏叶儿，噙在口里，拜谢了众圣，隐姓修行。后来也得了正果，经藏

中万古流名。

这是原著的一个特例。罗刹女没有后台，但还是安排了强力法宝芭蕉扇的下落，这就可以见到作者心思之周密了。假如孙悟空带着这扇子去西天，路上碰到妖怪就来一扇子，岂不又是开外挂？这就是高明。

同样是写扇子，《封神演义》里杨任的五火扇一扇就冒火，看起来很好用的样子，但是在杨任死后就没了着落。是丢失了，还是周军捡回去了，还是主人一死它就消失了？这就是活糙和活细的区别。

法宝功能要明确

法宝的功能一定要明确，否则就比较麻烦。比如葫芦和净瓶，有限定：第一，只能装一千个人；第二，叫你一声你得答应。有了这两个限定，其实就相当于给法宝划分了等级，定了位，玩起来才有趣味。孙悟空就算改名者行孙，也一样被装进去。这就是没理解游戏规则而失败的好玩之处。

这里不妨和《封神演义》比较读一读。

《封神演义》里，也写过几个吸人的瓶子，比如慈航道人的清净琉璃瓶，是用来破风吼阵的，其实和紫金红葫芦、羊脂玉净瓶功能一样，但是少了个限定，给人的印象就不深。

> 慈航将清净琉璃瓶祭于空中，命黄巾力士将瓶底朝天，瓶口朝地。只见瓶中一道黑气，一声响，将董全吸

在瓶中去了。慈航命力士将瓶口转上，带出风吼阵来。闻太师坐在昱麒麟上，专听阵中消息，只见慈航道人出来对闻太师曰："风吼阵已被我破矣！"命黄巾力士将瓶倾下来，只见：丝绦道服麻鞋在，全身皮肉化成脓。

理论上来说，这清净琉璃瓶除了用起来有些麻烦外，功能上比金角大王的瓶子厉害多了，不需要人答应一声就吸人，但是为什么给人留下的印象不深呢？就是因为少了限定，需要读者去脑补它有效的条件。什么情况下可以吸人，如果什么人都能吸，那么下文敌人马上出现一个吸力同样强大的混元金斗，两边对抗起来谁能赢？这会导致这个也厉害，那个也厉害，就像一首曲子全都是强音，结果所有的音符都淹没在一片嘈杂中。《封神演义》文笔不精，这就是毛病之一。

作为备胎的羊脂玉净瓶

金角银角拥有五件法宝，在整部《西游记》里可算是法宝最多的妖怪。

大家有没有感到奇怪：七星剑虽然号称是一件法宝，除了当兵器用，似乎从来没见产生什么额外的效果；而且哥俩占了平顶山这么久，居然得轮着使一件兵器，天下有这么穷的妖怪吗？作者这样写，当然是故意的！这注定了金角银角哥俩不能一起上阵。银角大王第一次出战，带了七星剑和葫芦；第二次特意没带七星剑，只拿了一个葫芦（当然他以为是真的）。作者的目的就是要把七星剑留给金角用。如果带了七星剑，势必会被猴子收去，金角再出场就没那一段武打戏了。而且金角大王的装扮，并不是穿一身金色衣服，而是比着芭蕉扇给他设计的："红旗招展，跳出门来。却怎么打扮：头上盔缨光焰焰，腰间带束彩霞鲜。身穿铠甲龙鳞砌，上罩红袍烈火然。圆眼睛开光掣电，钢须飘起乱飞烟。"这就注定他一出来必要用火属性的芭蕉扇。

所以这五件宝，按真正体现主人的特色来细分，金角是芭蕉扇，银角是葫芦，九尾狐是捆仙绳。其实还是一对一的关系。

那为什么有了紫金红葫芦，又出来一个羊脂玉净瓶？功能一模一样，天生备胎吗？我们一定要明确一点，任何法宝，都是作者编出来的，他编这样一个宝贝，一定有他的目的。所以，且看这净瓶从头到尾起过什么作用，就能知道原因了。平顶山这一回最精彩的一场戏，莫过于孙悟空变老道士，和精细鬼、伶俐虫换宝贝：

> 伶俐虫道："哥阿，装天的宝贝，与他换了罢。"精细鬼道："他装天的，怎肯与我装人的相换？"伶俐虫道："若不肯阿，贴他这个净瓶也罢。"行者心中暗喜道："葫芦换葫芦，余外贴净瓶：一件换两件，其实甚相应！"即上前扯住那伶俐虫道："装天可换么？"那怪道："但装天就换；不换，我是你的儿子！"

莲花洞故事里有各种借用的痕迹，唯独这一段没有，极有可能是作者原创的。净瓶的出现本来就是为情节发展设计的，一个装天的葫芦来换装人的葫芦，连精细鬼都觉得划不来，必须两件换一件。如果没有净瓶，葫芦换葫芦，于常理不合，也更不利于剧情推动了。

当然，净瓶最后还用了一次，就是把金角吸了进来，但并不是说整场戏净瓶就是为了吸最后一下出现的，这也未免太浪费了。所以，通观整个故事，净瓶就是用来当作添头，换了一次假葫芦而已。也就是说，净瓶的出现是为了装天故事服务的。所以，孙悟空把银角大王装进葫芦，又上门来挑战，作者自己就借着金角大王的嘴把净瓶开除了：

> （金角）叫："小的们……查一查还有几件宝贝。"……
> 管家的道："还有七星剑、芭蕉扇与净瓶。"老魔道："那
> 瓶子不中用。原是叫人，人应了就装得，转把个口诀儿
> 教了那孙行者，倒把自家兄弟装去了。不用他，放在家
> 里。快将剑与扇子拿来。"

"先天宝"和"后天宝"

首先要说明，这两个名词是我自己定义着玩的，意思是说：编故事的人的脑子，和我们的脑子也没什么不一样，同一个时间内只能想一件事情，所以，必然会出现有时候是根据不错的宝物编一个情节，有时候是根据不错的情节编一个宝物。

根据宝物编情节的，比如《封神演义》里陆压的飞刀葫芦。葫芦里冒出一件东西，长七寸，有眉有目，目射白光，使人陷入昏迷，陆压打一躬，"请宝贝转身"，那宝物便将人斩首了。此前各种神魔故事中似乎从来没有出现过这种法宝，所以《封神演义》根据这个宝物设计了很多情节，比如破烈焰阵、斩余元、斩袁

洪、斩妲己。其实这些情节也属平常，换一个人，换一个斩法，也未尝不可，但我们只记得飞刀葫芦，却往往忘记了斩的谁。

又如混元金斗，也是一件厉害法宝，可它其实就是净桶。它有自己的逻辑：在古代，婴儿初生是要先落在净桶里的。所以任何金仙，因为本质都是人类，都抗不过混元金斗以及三霄娘娘这三位管茅坑的神。所谓"罗汉有住胎之昏，菩萨有隔阴之谜"。当然，混元金斗又成了后面阐教、截教为敌的一个契机，这就是宝物和情节都照应到了。然而我想，后来碰上袁洪、常昊这几个梅山七怪，费了大劲，因为他们不是人类，而是白猿、蛇等畜生修炼而成的。混元金斗最后是被老子收了，是不是姜子牙他们借来就管用了？

根据情节编宝物的，比如前文提到的广成子大战火灵圣母。火灵圣母的看家本事是用金霞冠放出金光，使人看不见她，谁知广成子穿了一件扫霞衣，把金光扫空，用番天印打死了火灵圣母，这就太硬了。扫霞衣好像就是为了战胜火灵圣母专门赶制的。前面没出来过，后面也没有出现过。有人说广成子破十绝阵金光圣母的时候，穿过一件"八卦紫绶衣"，然而这件衣服是赤精子的，怎么又到广成子身上了？难道是临时借的？而且它的作用是金光不能透身，并非扫除金光。

《封神演义》里还有位龙吉公主，她可谓法宝众多，比如罗宣烧西岐时，龙吉公主来了，将雾露乾坤网撒开，往西岐火内一罩。雾露乃是真水，这一撒开，立刻就将万只火鸦尽行收去。罗宣大怒，拿着五龙轮劈面打来。公主忙将四海瓶拿在手中，对着五龙轮，只见一轮竟然被打入瓶里去了。罗宣大叫一声，把万里起云烟射来，公主又收入四海瓶中去了，将二龙剑往空中一丢，将敌手斩于火内。

除了四海瓶、雾露乾坤网、二龙剑，这位公主又有什么鸾飞宝剑、白光剑、捆龙索、神鳌……算是《封神演义》里的法宝大户。鸾飞宝剑砍过孔宣，白光剑砍过万仙阵的许多人。然而这四海瓶、拥有"真水"的雾露乾坤网，碰上火元素的火灵圣母竟然不知为何忘记了用？难道这些法宝都是一次性纸杯？所以毋宁说，这些宝物就是随着故事发展，作者或说书人临时捏出来的，有时连作者都忘了龙吉公主还有这么多宝物！就像我每次去医院都想不起带病历本，就得花五毛钱买一个，久而久之，家里堆了一堆病历本。龙吉公主的这些宝物，一会儿冒出来一个，就像是义乌小商品城花五毛钱买来的，就显得贱了。

龙吉公主的神鳌，和洪锦的鲸龙一样，是类似充气大黄鸭的一个东西：

> 洪锦被龙吉公主打败，逃到北海自思曰："幸吾有此宝在身，不然怎了？"忙取一物往海里一丢，那东西见水重生，搅海翻波而来。此物名曰鲸龙。洪锦只跨鲸龙，奔入海内而去。龙吉公主赶至北海……笑曰："幸吾离瑶池，带得此宝而来。"忙向锦囊中取出一物，也往海里一丢，见水复现原身，滑喇喇分开水势，如泰山一般。此宝名为神鳌，原是浮于海面，公主站立于上，仗剑赶来。

不得不说，这一段的情节还是值得称道的，这就是传统的女降男的情节。如扈三娘降王矮虎、樊梨花降薛丁山。但是《封神演义》作者水平实在不够，他为了这个传统情节，不得不编出好多法宝来搞相克。洪锦擅长的法术是"旗门遁"，和海洋并无关系，何以忽然冒出来一个鲸龙？先是鲸龙，后是神鲸，颠来倒去，估计情节实在推不下去，只好现编个法宝。这已经是很不高明的写法。更何况编出这么多宝物，总得有个收场啊！龙吉公主是死在万仙阵里了，但她死后这十来件法宝呢？包括她把洪锦擒回来，那两只义乌生产的"大黄鸭"呢，还在海里漂着？难道真成了一次性泳裤了吗？

所以莲花洞故事恐怕也是这样：作者头脑里先有了一个装天的葫芦换装人葫芦的好玩情节，然后根据这个情节去配宝物；而不是反过来，先配好一堆宝物，再根据宝物去编情节。我们看书的时候是顺着看的，但编书的时候有时是反着编的。

金角、银角这几件法宝，总的来说编得还是相当高明的。因为宝物贵在自然，能牵扯上越多的东西越好，忌讳孤立和忽然冒出来。像《封神演义》里硬编什么鲸龙，就是坏例子。最好是从自家现找，而不是上小商品城去买。这五样宝贝，太上老君道出了来源：葫芦盛丹的，净瓶盛水的，扇子是扇火的，宝剑是炼魔的，幌金绳是腰带。一方面，这几个法宝是从平时常用的东西化来的，都不生硬。另一方面，也正好透露了各种小说戏曲中法宝的真实背景：无论多神奇，大都是根据葫芦、瓶子、雨伞、珠子、锤子、带子这些居家日用的东西编出来的而已。

孙悟空变的小妖是不穿衣服的？

精细鬼、伶俐虫（李云中　绘）

在平顶山莲花洞，师徒四人遇到了金角大王、银角大王。这个故事，可以说是全书最欢乐的故事。不过，里面有一段很可疑，就是孙悟空去请两位大王的干娘——也就是那个狐狸精的那段。孙悟空站在狐狸精的洞门口，竟然哭了起来：

> 孙大圣见了，不敢进去，只在二门外伴着脸，脱脱的哭起来。你道他哭怎的，莫成是怕他？就怕也便不哭，况先哄了他的宝贝，又打杀他的小妖，却为何而哭？他当时曾下九鼎油锅，就煠了七八日也不曾有一点泪儿。只为想起唐僧取经的苦恼，他就泪出痛肠，放眼便哭，心却想道："老孙既显手段，变做小妖，来请这老怪，没有个直直的站了说话之理，一定见他磕头才是。我为人做了一场好汉，止拜了三个人：西天拜佛祖；南海拜观音；两界山师父救了我，我拜了他四拜。为他使碎六叶连肝肺，用尽三毛七孔心。一卷经能值几何？今日却教我去拜此怪。若不跪拜，必定走了风讯。苦阿！算来只为师父受困，故使我受辱于人！"

这里面有两个细节值得注意。

第一，作者旁白说："他（孙悟空）当时曾下九鼎油锅，就煠了七八日也不曾有一点泪儿。"这个情节，书中前文并没有提起过。类似的，只有被太上老君的八卦炉炼过。但是也不对啊：八卦炉是焖炉，九鼎油锅是炸锅，"煠"其实就是炸。苏轼《十二时中偈》："百滚油铛里，恣把心肝煠。"孙悟空只下过一次油锅，是在车迟国和羊力大仙斗法之时，但也只是一会儿就出来了，并没有一炸七八日，那这里何以说"曾下九鼎油锅呢"？

"九鼎油锅"，两个不搭的词放在一起，恐怕也只有民间曲艺干得出来。果然，在明代佚名的杂剧《古城记》里有这个词，是张飞骂关羽：

> 【张】听说其言，怒气冲冲直上天。忘却桃园愿，反受曹公荐。好教我恨绵绵，意留连。有日相逢，必定餐刀剑，贼！有日相逢我也不杀你，烧起九鼎油锅慢慢煎，九鼎油锅慢慢煎。

所以九鼎油锅很可能是民间俗语，更可能是戏曲里的常用词。

"九鼎油锅"也写作"九鼎油镬"，后一种用法更多，几乎都是出自戏曲。比如：

> ……支起九鼎油镬，老的来没颠倒，便死也死得着。（《赵氏孤儿》）
>
> 【阎王】因为你在阳间做六案都孔目，瞒心昧己，扭曲作直，造业极多，亵渎大罗神仙。牛头马面，烧起九鼎油镬，放上一文金钱，教岳寿自取。（《吕洞宾度铁拐李岳》）
>
> 斩了韩信，又要将蒯彻烹入九鼎油镬。（《随何赚风魔蒯通》）

所以我们有理由猜想，孙悟空下九鼎油锅的梗，很可能是从西游戏里带来的。

第二，就是孙悟空的自白，"我为人做了一场好汉，止拜了三个人：西天拜佛祖；南海拜观音；两界山师父救了我，我拜了他四拜"。按照书中前文的情节,孙悟空还拜过须菩提祖师,所以应该是拜过四个人,但为什么孙悟空的这段内心独白不提起呢?

的确,孙悟空的师父须菩提祖师,曾警告过他:

> 祖师道:"你这去,定生不良。凭你怎么惹祸行凶,却不许说是我的徒弟。你说出半个字来,我就知之,把你这猢狲剥皮剉骨,将神魂贬在九幽之处,教你万劫不得翻身!"

但奇怪的是,孙悟空对这个警告,执行得并不严格,比如在黑风山、驼罗庄他都说:

> 一点诚心曾访道,灵台山上采药苗。那山有个老仙长,寿年十万八千高。老孙拜他为师父,指我长生路一条。(第十七回)
> 祖居东胜大神洲,花果山前自幼修。身拜灵台方寸祖,学成武艺甚全周。(第六十七回)

这就差点说出须菩提祖师的名字了!无论如何,"老孙拜他为师父""身拜灵台方寸祖",是他在西天路上说过的,怎么这时候却忘记了?

另外,《西游记》里的故事,有些是有寓意或者肩负某种作用的。比如白骨精故事,其实是一个寓言;镇元大仙,其实是道教人士在宣扬教义。而金角银角的故事翻过来倒过去地看,什么深刻意义都没有!什么装天啦、者行孙啦、猪八戒的耳朵啦,就是猴子和妖怪在玩的藏猫猫游戏！而且最后被化为脓水的两个妖怪又恢复原形，被主人带回，皆大欢喜！甚至这两个妖怪的名字，给人的感觉，也是很草根的。整个故事也经常带出恶趣味来，比如孙悟空变了一个小妖，吊在房梁上的猪八戒就提醒他：

> 八戒道："你虽变了头脸，还不曾变得屁股。那屁股上两块红不是？我因此认得是你。"行者随往后面，演到厨中，锅底上摸了一把，将两臀擦黑，行至前边。八戒看见又笑道："那个猴子去那里混了这一会，弄做个黑屁股来了。"

猴子屁股是红的，擦成黑的当然合理。只是难道孙悟空变的小妖不穿衣服？是裸体在洞里活动的？莲花洞虽然是一窝男妖怪，也不是没有狐狸精老奶奶带着女妖怪来啊！

如果说孙悟空变的男妖怪，赤身裸体还情有可原；他变的狐狸精老奶奶居然也走光：

> 却说猪八戒吊在梁上，哈哈的笑了一声。沙僧道："二哥好阿！吊出笑来也！"八戒道："兄弟，我笑中有故。"沙僧道："甚故？"八戒道："我们只怕是奶奶来了，就要蒸吃。原来不是奶奶，是旧话来了。"沙僧道："甚么旧话？"八戒笑道："弼马温来了。"沙僧道："你怎么认得是他？"八戒道："弯倒腰叫'我儿起来'，那后面就掬起猴尾巴子。我比你吊得高，所以看得明也。"

难道孙悟空变的老奶奶也不穿衣服的？或者就算穿衣服，尾巴也是可以露出来的？1986版电视剧《西游记》演这一回故事，基本是按原著演的，唯独这个情节，没法表现，所以只好演孙悟空撩起一点衣服，露出个猴腿来。

《西游记》里别的故事虽然也很有趣，但像这种恶趣味毕竟不多，所以，这些都指向一点，写莲花洞故事的这位作者，他心里应该另有一套孙悟空的出身故事，他并不知道今天《西游记》的前七回内容！这个故事加入到今天的《西游记》之后，统稿人又没有把这些细节清除干净！

故事很有水平

诸位不觉得，这一回的作者最擅长的就是搞笑吗？而且还很高明！

有些搞笑的情节，因为时代太遥远了，我们接不住，但是细看是能看出来的。比如孙悟空把银角大王装在葫芦里，立即化为脓水。孙悟空摇摇葫芦，哗啦乱响。

> 他道："这个像发课的筒子响，倒好发课。等老孙发一课，看师父甚么时才得出门。"你看他手里不住地摇，口里不住地念道："周易文王、孔子圣人、桃花女先生、鬼谷子先生。"那洞里小妖看见道："大王，祸事了！行者孙把二大王爷爷装在葫芦里发课哩！"

发课就是算卦，把写有各种命运的竹签装进竹筒，占卜时摇动竹筒，竹筒就哗啦哗啦地响，和晃动装着液体的葫芦发出来的声音很像。

又比如一些极小的细节，也能看出这位作者的趣味：

> 不多时，到了莲花洞口，那毫毛变的小妖，俱在前道："开门！开门！"内有把门的小妖，开了门道："巴山虎、倚海龙来了？"毫毛道："来了。""你们请的奶奶呢？"毫毛用手指道："那轿内的不是？"小怪道："你且住，等我进去先报。"报道："大王，奶奶来耶。"

不说"小妖道""小妖用手指"，而说"毫毛道""毫毛用手指"，这就是很高明的搞笑的写法，而且逗得别人笑了，作者还在那绷着。

相比之下，写三打白骨精的作者就不擅长搞笑，搞笑起来也生硬得很。比如猪八戒听说白骨精变的村姑说是来斋僧的："八戒闻言，满心欢喜，急抽身，就跑了个猪颠风。"

这种文字，能看出作者是想搞笑，但是很硬。至少我是笑不出的，只觉得冷。当然，写三打白骨精的作者，高明之处在于他思想的深邃，以至于这个故事一演再演。而金角银角这个故事的作者，明显是擅长写热闹剧的。

真武皂雕旗是什么

这一回最好玩的描写，就是孙悟空变作一个老道士，用毫毛变了一个大葫芦，说能装天，骗精细鬼、伶俐虫两个小妖用紫金红葫芦和羊脂玉净瓶来换。天当然是装不了的，哪吒为了帮孙悟空，就到真武大帝那里借来了"皂雕旗"，在南天门一展，遮蔽了日月星辰。孙悟空就骗两个小妖说天被装了，最后成功换宝。

这段故事，可以说是《西游记》里极精彩的一段。孙悟空机灵古怪，两个小妖傻憨傻憨。皂雕旗展开后，对面看不见人，孙悟空就骗小妖说："这是东海岸上，若掉下去，七八日还不见底。"小妖果然当真，说："要是不换啊，诚然不是养家的儿子！"就用俩真宝贝换了一根猴毛走了。

我们容易被情节吸引，其实前后看一下，孙悟空得以成功的真正原因以及他用的核心技术，就是这面"皂雕旗"。没有这面旗，什么都是白扯，哪吒太子总不能拿乾坤圈把日月星辰砸下来吧。

这虽然只是小小的一个喜剧段子，但这面"皂雕旗"是有显赫来历的。

真武大帝信仰，从宋代就开始兴盛。到了明代，燕王朱棣造反成功，据说是真武大帝在帮他，所以真武大帝的地位一下子又拔高了一大截。在明朝的观众堆里讲真武大帝，是很能引起共鸣的。

而这位真武大帝，正有一面"皂雕旗"，更多的时候叫"皂纛"，纛和雕音近，恐怕是民间弄混了。只要翻一翻有关真武大帝的道教经书，这面"皂纛"比比皆是：

志心皈命礼：位居壬癸，将任甲庚，有雷公电母以先驱，有风伯雨师而为御。八煞前遮而后拥，六丁左从而右随。神锋指处雪霜寒，皂纛开时云雾卷。（《北极真武佑圣真君礼文》，下同）

皂纛执威权之柄，魁罡当激指之方。

> 拥之者皂纛玄雾，蹑之者苍龟巨蛇。(《太上说玄天
> 大圣真武本传神咒妙经》)

这面旗和真武剑一样，是一件标志性的法器。也就是说，见
旗如见大帝。

宋代大将狄青，在民间也被与真武扯上关系。他出战的时候
就是带两面皂旗，旗到处所向无敌，人称真武神下界。

这面皂纛，又叫玄旗，比如：

> 奉上帝命往镇北方，被发跣足，蹑离坎真精，建皂
> 纛玄旗，统摄玄武之位，神威赫然，历代显著。(《大明
> 一统志》)

所以，如果想遮蔽日月星辰，最先想到、最有名的，就是这
面真武大帝的大黑旗。

乌鸡国王子复仇记

文殊菩萨（李云中　绘）

乌鸡国的故事，大致是这样的：

唐僧师徒四人来到乌鸡国，在宝林禅寺借宿。忽然晚上一阵阴风，一个鬼魂出现在唐僧面前，对唐僧说："我是乌鸡国王的鬼魂，五年前大旱，一个道士呼风唤雨，解了旱情。我就和他结为兄弟。不料在御花园，他趁我不注意，将我推入井中淹死。他变作我的模样，占了江山。求你们师徒为我报仇。"次日国王的太子出猎，孙悟空将他引到寺中，自己变成了一个名叫"立帝货"的小人，告诉他真相。太子就回城面见母后，询问三年来夫妻恩爱何如。皇后也说夜来得了国王托梦，加上太子一问，母子才恍然大悟。孙悟空和猪八戒趁夜潜入御花园，打捞出国王的尸体，并从太上老君处求来仙丹，救活了他。次日师徒带真国王来到金殿，双方对质。原来假国王是文殊菩萨的狮子精。文殊菩萨现身，将它收走。

这段故事，和一般的西游故事完全不同。

我们知道西游故事中最多的是这种情况：经过一座山或一条河，山上或河里住着妖怪，妖怪想吃唐僧（女妖想和唐僧成亲），把唐僧抓去。孙悟空想法消灭妖怪，把唐僧救出来。

还有一种情况，就是经过一个国家，例如宝象国、朱紫国、祭赛国、天竺国等，国王遇到了麻烦，师徒想办法解决了问题。但这些国家，起码国王是真的。连国王都是假的，《西游记》里只此一例！

这个故事的核心人物是乌鸡国太子，可以叫作"乌鸡国王子复仇记"！

然而，莎士比亚还真有一部"王子复仇记"，就是大家熟悉的《哈姆雷特》。这个悲剧讲述了哈姆雷特的叔叔克劳狄斯谋害了他的父亲，篡取了王位，并娶了国王的遗孀，哈姆雷特王子因此向叔叔复仇。《哈姆雷特》是莎士比亚所有戏剧中篇幅最长的一部。

《哈姆雷特》和"乌鸡国王子复仇记"有关系吗？还真不好说，因为这两个故事有太多的相似之处。比如首师大的侯会先生就专文写过这个问题。

翻拍的哈姆雷特？

首先声明一下，以下观点来自侯会先生的《乌鸡国：西游记中的王子复仇记》，我只是做了一些补充。我们来看一看这两个故事的相似之处：

一、都是王子的复仇。

二、乌鸡国国王是被他的道士结拜兄弟害死的；《哈姆雷特》里的老国王也是被他兄弟克劳狄斯害死的。

三、乌鸡国故事是从乌鸡国国王的鬼魂向唐僧诉冤开始的；《哈姆雷特》是从老国王的鬼魂向王子诉冤开始的。

四、乌鸡国国王是在御花园被害死的；《哈姆雷特》的老国王也是在御花园被害死的，他在花园休息的时候，克劳狄斯溜进来，用一瓶毒汁灌进了他的耳朵。

有个细节很有趣，这倒是我发现的。《哈姆雷特》第一幕里还有这么一句："上帝啊！上帝啊！人世间的一切在我看来是多么可厌、陈腐、乏味而无聊！哼！哼！那是一个荒芜不治的花园，长满了恶毒的莠草。"这句话虽然指的是人世间，但似乎也是后来花园中发生凶杀案的一个暗示。而乌鸡国里那个道士，将国王推到井里后，就把御花园锁了。以至于孙悟空和猪八戒去找的时候，里面荒芜不堪。正是一个"荒芜不治的花园"。

五、乌鸡国的道士杀了义兄之后，就占了皇宫内院，还和皇后同居了三年；《哈姆雷特》里克劳狄斯杀了兄长后，也是霸占了皇嫂。

六、王子和母后都有一次重要的私下交谈。乌鸡国的母子交谈发生在后宫，《哈姆雷特》的母子交谈也发生在后宫。

七、《哈姆雷特》里揭露克劳狄斯罪行的，是一群外来的演员，原文是"伶人四五人上"。哈姆雷特说："我要叫这班伶人在我的叔父面前表演一本跟我的父亲的惨死情节相仿的戏剧，我就在一旁窥察他的神色；我要探视到他的灵魂的深处，要是他稍露惊骇不安之态，我就知道我应该怎么办。"这些演员就演了一出再现克劳狄斯罪行的剧，念了一大段韵文。果然，克劳狄斯看了剧后立即站起来说："不要演了！"

揭露乌鸡国假国王罪行的，也是一群外来人，只不过是和尚，唐僧师徒是四人，算上真国王正好五个！在宝殿上孙悟空也对假国王念了一段韵文，也再现了假国王的罪行。假国王听后"心头撞小鹿，面上起红云"，同样站起身来，就要逃跑。

另外再补充第八条：假国王其实是个骗了的狮子，所以没有那个能力的。而哈姆雷特说："晚安！可是不要上我叔父的床；即使您已经失节，也得勉力学做一个贞节妇人的样子。"虽然情况不一样，但在意皇后贞节这件事是一样的。

"哈姆雷特"并非莎翁原创

《哈姆雷特》创作于1599年至1602年，这个时候世德堂本《西游记》早已问世了。难道是莎士比亚抄《西游记》吗？也不是。

因为哈姆雷特的故事，并不是莎士比亚原创的。在莎翁之前，英国剧作家基德就创作了舞台剧本《哈姆雷特》，据考证，在这个已佚的剧本中，"鬼魂诉冤"和"戏中戏"等情节已经出现。有学者认为，莎剧的创作，正是以基德此剧为蓝本的，不需从《西游记》获得灵感。然而，事情还没有完。在基德的《哈姆雷特》之前，1570 年出版于巴黎的《悲剧故事集》(*Histoires Tragiques*)，就记述了一个王子复仇的完整故事，作者是贝尔弗莱（Francois de Belleforest）。这个故事和基德的虽然不太一样，但弟弟杀哥哥、王子见母后、王子复仇等一系列情节基本都有了。《悲剧故事集》虽然出版于 1570 年，但这个取材于十二世纪丹麦历史家萨克索《丹麦史》中王子复仇的故事，起码在欧洲已经流传了二三百年。

东西方共有一个故事来源，这种事并不罕见。最著名的就是"灰姑娘"的故事。最经典的版本当然是出自十九世纪的《格林童话》，但这个故事在此之前，不知怎么就流传得全世界都知道了。

话说有一个叶限姑娘，从小聪明能干，但继母对她百般虐待。叶限有一条心爱的鱼，继母就把鱼杀了。叶限得到神人指点，将鱼骨藏在屋中，想要什么，向鱼骨祈求，眼前就会出现什么。在一次地方的节日活动中，叶限穿着一双金鞋去参加，被继母和继母生的女儿发现了，仓促逃离，丢下一只金鞋。国王得到了金鞋，就下令让所有的女子试穿，终于找到了叶限，坏继母和那个坏妹妹，被飞石击死。

这段故事出自唐代段成式所撰笔记小说《酉阳杂俎》续集《支诺皋》，这个故事比《格林童话》早了将近一千年。实际上这还不是最早的"灰姑娘"故事，这个故事的祖先，以及祖先的祖先，可以追溯到两千多年前！

因为时代久远，很多文化交流的痕迹并没有留下来。所以我们不用管莎翁写这个故事时，《西游记》已经面世了，也不用管是谁抄谁的，只能说在当时，在全世界范围内，一直就流传着王子复仇的故事。要知道我们和西方的交流，其实从来就没有断过。宋代的泉州商人、元代的蒙古西征、明代的郑和下西洋和传教士来华，都带来了文化的大交流。这种故事传来传去，就不是个稀罕事。特别是明代，有许多天主教传教士来中国传道。在传播过程中，把西方的传说故事带到中国，是完全可能的。

而且这种王子复仇的故事，本来就是一个民间故事中常见的母题，现在还是一演再演。所以，东西方这两部作品，很可能有共同的来源。

另外多扯一句，不用一说《哈姆雷特》就以为又是一部多么高大上的经典。其实什么《西游记》啦、《哈姆雷特》啦，首先都是本民族接地气的好听故事，磨了好久好久，才逐渐被捧成了高大上的文学。我们习惯了教科书的宣传，反倒容易和这些作品产生隔阂，而不能平等地和它们对视。用句俗话说就是只看见贼吃肉，没看见贼挨打。不用和人一说"呀，我今晚看《哈姆雷特》去啦"，就觉得自己瞬间高大上了许多。

我觉得，如果我们真正想拥有欣赏伟大著作的能力，应该像交朋友一样，首先学会和它平视，而不是仰视的膜拜或俯视的批判。

立帝货

乌鸡国这一回，孙悟空变了一个奇怪的东西：立帝货。他引太子到宝林禅寺之后，变了一个"红金漆匣"，自己变成一个二寸长的小和尚，钻进里面。太子来的时候，将他放出来，告知太子真相。

这个立帝货奇怪之处在于，我国的传统文化中，从来没有一个神仙、法宝，起过这样的名字。特别是这个"货"字，既不像人名，也不像宝物名。

基督教耶稣的专称之一"救赎主"，正是源于希伯来语中的"救赎"redeem、redeemer，拉丁语写成 Redemptor，英语里写成 Redeemer，法语是 Rédempteur，西班牙语是 Redimir。可以大致翻译为"立帝莫"或"立帝贸"。《西游记》写成"立帝货"，也许是翻译得不准，也许因为"贸""货"形近，搞混了。

另外，传教士带来的耶稣像，正是放在带槽涂金的木制盒状神龛里的（《利玛窦中国札记》）。这和孙悟空变的红金漆匣也正相似。所以，这个莫名其妙的"立帝货"，很可能就是比着传教士们带到中国来的耶稣像写的，只不过由二寸长的耶稣像改成了"二寸长的小和尚"。这也不奇怪，因为早期传教士就是被当作和尚看待的，教主自然也是和尚了。

金厢白玉圭

乌鸡国国王的鬼魂临走的时候，留给唐僧一柄"金厢白玉圭"，作为见到太子的一件信物。假如立帝货和红金漆匣是比着耶稣和装神像盒子写的，那么这个金厢白玉圭，毋宁看作是比着十字架写的。传教士们当年带来中国的十字架，往往有珠宝镶嵌（《中国天主教传教史概论》）。而中国传统的玉圭，也正好带个尖头！

利玛窦手里的十字架和明代的玉圭

　　清朝有个张德彝，曾经满世界地跑，写了一本《八述奇》，里面记录了他在英国的时候，去看了一场"埃达倭第七"和王后"阿来三德亚"的加冕。不熟悉的朋友一定有点蒙圈，这两人就是爱德华七世和王后亚历山德拉。好玩的倒不是登基大典，而是这位张先生看到英国洋玩意，就用中国原有的名词来解释它。比如他看见大典上有大主教，披着教袍，他就管那玩意儿叫袈裟。看到的英国皇家礼器，凡是差不多的他都叫"圭"。伯爵库斯弗执一"象牙圭"，公爵哈里斯执"懿圭，上带十字架"，阿盖公执"御圭，上带十字架"。我虽然没见过爱德华七世的登基大典，想来也不会拿着中国的"圭"上去。这一堆"圭"恐怕就是基督教的十字架了！张德彝已经是晚清人，尚且喜欢这样硬套，更不要说明代人了。

最后多扯几句

　　一、"乌鸡国"这个名字，看上去实在太不像国名了。"乌鸡"

除了"乌鸡煲"（我怎么尽想吃的）那个"乌鸡"之外，也没有别的什么含义。有位先生说"乌鸡国"很可能是"无稽国"，也就是暗示这个故事是子虚乌有的。我觉得这样解释貌似也通。因为"乌有"本来就是"无有"，而南唐的文字学大家徐锴《说文系传》就说："鸡，稽也，能考时也。"在一些古人眼里，鸡会打鸣，没有钟表的时候，被用来稽考确定时辰，所以才叫鸡。

二、唐僧介绍立帝货的时候，是这样讲的："但只这红匣内，有一件宝贝，叫作'立帝货'，他上知五百年，中知五百年，下知五百年，共知一千五百年过去未来之事，便知无父母养育之恩。"这两句话也很奇怪，因为我检索了一下，《西游记》之前的古籍里，似乎没有人用这种上知五百年、下知五百年的形式讲话，况且还有个"中知五百年"。但假如从世德堂本《西游记》成书的时间看，正是十六世纪，取整数正是西元 1500 年，而西元纪年正是从耶稣诞生那一年开始算的。这恐怕是吸收了传教士们带来的耶诞纪年法了！

三、唐僧见到太子，有这样一段对话：

　　三藏进前一步，合掌问道："殿下，为人生在天地之间，能有几恩？"太子回答："有四恩。天地盖载之恩，日月照临之恩，国王水土之恩，父母养育之恩。"三藏笑曰："……那得个父母养育之恩？"太子怒道："……人不得父母养育，身从何来？"三藏道："殿下，贫僧不知。但只这红匣内，有一件宝贝，叫作'立帝货'，他上知五百年，中知五百年，下知五百年，共知一千五百年过去未来之事，便知无父母养育之恩。"

这一段也很有意思。这段激怒太子，完全是唐僧的现场发挥（看来御弟哥哥的智商不可轻视呀）。但是太子虽然父死，却还有母。为啥把无母恩也捎带进来？假如立帝货是有传教士背景的，这就好理解了。因为传教士的"以天主为父母，以世人为兄弟"（《天主实义》），"父母给的只是肉身，天主给的是高贵的灵魂"等言论，激起了当时士人的反感，比如徐昌治、陈侯光等人，骂基督教教义是"无孝悌人伦"的禽兽学说（《破邪集》）。所以这个"无父母养育之恩"，一方面是激怒太子，另一方面恐怕也是对基督教教义的调侃。

红孩儿的亲妈到底是谁

从乌鸡国出来，就到了红孩儿的地界了。

网上流传着这样一个说法，按原著来看，牛魔王是红孩儿的爸爸，可是红孩儿却长得不是牛的样子——他不长角。而且，他会三昧真火，牛魔王反而不会，三昧真火是道家的绝密功夫，所以他根本就不是牛魔王的亲儿子，而是太上老君的私生子。

这个说法当然很好玩，但是我发现许多朋友竟然把这种解读当成真的，这就不好了。

所以，这一讲就来扒一扒红孩儿的亲爹亲妈到底是谁。

我们解读《西游记》起码应该看看原著。三昧真火并不是道家的绝密功夫！所谓的"太上老君会三昧真火"，原著里一个字都没写！我们普遍认为太上老君会三昧真火，其实都是因为1986版电视剧《西游记》太上老君的那句台词："大胆妖猴！看我用三昧真火来炼他。"

孙悟空才是红孩儿的亲爹？

《西游记》里除了红孩儿，难道就再没有人会三昧火了吗？请看下面这段：

太上老君即奏道："那猴吃了蟠桃，饮了御酒，又盗了仙丹。我那五壶丹，有生有熟，被他都吃在肚里。运用三昧火，煅成一块，所以浑做金钢之躯，急不能伤。不若与老道领去，放在八卦炉中，以文武火煅炼。炼出我的丹来，他身自为灰烬矣。"

这句话说得很清楚，如果说会的话，孙悟空才会三昧火，太上老君会的是文武火。这何尝是道家绝密的功夫了？我们看，原著中除了红孩儿，会三昧火的只有孙悟空一位，假如真按"私生子理论"的逻辑来分析，那我就敢说红孩儿是孙悟空的私生子！这当然好理解啊。

第一，原著除红孩儿之外，只有孙悟空会三昧火。这个可以任意检索验证。

第二，原著只说红孩儿"他曾在火焰山修行了三百年"，何尝说他年龄就是三百岁？难道他一出生就会修炼吗？孙悟空被抓前和铁扇公主有一腿难道没有可能？他被二郎神抓了之后，铁扇公主生了红孩儿。红孩儿出生二百年后，有了修炼能力，才能到火焰山修炼三百年嘛。

第三，红孩儿为啥不像猴？这也可以理解啊，长相可以随爸爸，也可以随妈妈嘛。黄袍怪和百花羞生的儿子也没说长得像黄袍怪嘛。白娘子的儿子许仕林难道就一定是一条卵生的蛇吗？一句话，孩子只要像夫妻其中一方就可以！

第四，孙悟空和铁扇公主欢好之后就被二郎神抓了，他也不知铁扇公主有没有怀上。所以孙悟空先变牛魔王，要当红孩儿爸爸；在芭蕉洞又变牛魔王，要当铁扇公主老公。孙悟空七十二变，变什么不行，非得两次都变牛魔王，这难道不是一种试探？红孩儿问孙悟空，自己生辰八字是什么，难道不可以理解为对身世的求证？

我觉得这套逻辑，比那个漏洞百出的"太上老君是红孩儿的亲爹"更缜密吧。

有人会抠字眼，说"三昧火"和"三昧真火"毕竟不一样。其实在原著中，三昧火、三昧真火、真三昧火，是画等号的。

这火不是燧人钻木，又不是老子炮丹，非天火，非野火，乃是妖魔修炼成真三昧火。（这都告诉你了：不是老子炮丹！不是老子炮丹！）

> 菩萨道："既他是三昧火神通广大，怎么去请龙王，不来请我？"
>
> 众神道："说起他来，或者大圣也知道。他是牛魔王的儿子，罗刹女养的。他曾在火焰山修行了三百年，炼成三昧真火，却也神通广大。"

这些都指红孩儿的火。那么，文武火等于三昧真火吗？当然不一样。文武火是纯正的道家功夫。三昧火是佛家功夫，是被道家偷来的。这个问题，我们后面再讲。

按这种逻辑来分析，只能越分析越乱！可见有些朋友连原著都没前后看看就轻信了，还觉得是什么了不起的神分析。

当然，我不会认为孙悟空真是红孩儿他爹。只想说明，这种把电视剧、原著搅在一起，连蒙带猜的逻辑，是很混乱的。我们要分析一下，红孩儿这个人物，到底是怎么来的。他有没有亲爹妈？如果有，是谁？

红孩儿的亲妈到底是谁？

红孩儿的故事，几乎是和西游故事相伴而生的。元朝的《西游记》里，就已经有"红孩儿怪"了。《西游记杂剧》里也有个红孩儿，原文是这样的：

唐僧看见一个小孩子，叫孙悟空背。孙悟空背不动，就发现他是个妖怪，然后砍了他一戒刀，把他砍下涧去。不料红孩儿弄起一阵风来，把唐僧摄走了。

然后接下来，就没有红孩儿什么事了。孙悟空一见师父被摄去，竟然一场都没打，直接就请菩萨去了（好省事啊）。菩萨居然也没有出手，直接去找如来。如来派了四位揭谛带了钵盂去，把红孩儿罩了来，扣放在座下，等人来。如果这个人不来，七天之后，红孩儿就化为黄水。

等谁呢？原来这个红孩儿名字叫"爱奴儿"，是鬼子母的儿子。鬼子母果然大怒，带鬼兵前来。鬼子母用铁胎弓射狼牙箭，如来用莲花遮挡。鬼子母不能取胜，便想直接把钵盂揭开，救走红孩儿。谁知那钵盂被如来施了法力，用尽力气也揭不开，鬼子母无奈皈依。

稍微了解一点的朋友都知道，这是"鬼子母"的故事。这个故事，和齐天大圣故事一样，一直是单独讲，本来和西游记故事没有半点关系。《西游记》逐渐扩充了之后，就把这个故事吸收进来了。

今天的《西游记》里，还有这个故事的痕迹吗？有！大家记不记得孙悟空为了降伏红孩儿去请菩萨，是谁给他通报的。

> 只见二十四路诸天迎着道："大圣，那里去？"行者作礼毕，道："要见菩萨。"诸天道："少停，容通报。"时有鬼子母诸天来潮音洞外报道："菩萨得知，孙悟空特来参见。"

红孩儿的亲妈在这里！

诸天，就是护法神。鬼子母被降伏后，正是在菩萨座前做了二十四护法神之一。作者随便编个什么诸天不行，哪怕黑熊怪也行啊。为什么非得让"鬼子母诸天"去通报？用意何在？

不要以为菩萨把红孩儿弄去当善财童子就怎么样了，这正是和他原来的亲妈团聚去了！

鬼子母和红孩儿的故事怎么和《西游记》故事扯上关系的？恐怕还得追到玄奘法师那里，据《大唐西域记》记载，玄奘法师确实去过印度的佛度鬼子母的遗迹。这个地方，唐代叫"布色羯逻伐底"，是古代北印度犍陀罗国之旧都城，故址在今天巴基斯坦的白沙瓦市东北的却尔沙达。假如真给红孩儿找个老家的话，这里可以算是（当然，王舍城也算）。原文是：

> 梵、释窣堵波（塔）西北行五十余里，有窣堵波，是释迦如来于此化鬼子母，令不害人，故此国俗祭以求嗣。

红孩儿亲爹到底是谁？

红孩儿的亲妈是鬼子母，他亲爹是谁？

原来，根据《根本说一切有部毗奈耶杂事》，鬼子母的父亲是个夜叉，叫娑多。娑多和老哥们夜叉半遮罗订好了娃娃亲，于是鬼子母就嫁给了半遮罗的儿子半支迦，鬼子母和半支迦生了五百个儿子，最小的就是红孩儿（佛经里叫"爱儿"，杂剧里叫"爱奴儿"）。可是鬼子母还喜欢吃别人家的孩子，有一天佛陀趁鬼子母不在，跑到她家里去，用钵盂把爱儿盖在下面。鬼子母回来寻找爱儿不得，放声大哭，只好去求佛。佛说你有五百个儿子，丢了一个就这样伤心。别人家的孩子被你吃了，又该如何？鬼子母幡然醒悟，从此皈依佛法，做了护法神。

所以说，红孩儿的亲爹是半支迦，这个名字大家不熟，但是他还有一个名字，叫散脂大将（也有别的说法，这里仅取一种）。散脂大将和鬼子母一样，也被佛祖感化，做了护法神。而且，也在观音菩萨座前做诸天！解决配偶问题这种事，自古就有。

北京大慧寺明代彩塑二十四诸天，红孩儿的亲爹散脂大将、亲妈鬼子母都在，鬼子母身旁的小孩并不是红孩儿，而是冰揭罗，也是鬼子母的儿子，算是红孩儿的哥哥吧（有《冰揭罗天童子经》，似乎并没有说他就是"爱儿"，姑且认为是两个人）。成了善财童子的红孩儿在菩萨身边站着呢！

所以，红孩儿被收作善财童子，那才真真正正是全家团聚！亲爹亲妈亲哥，都在那里，他为啥不能去！

这也就解答了为啥红孩儿不长角的问题：他本来就不是个犊

子！所以当然不长角！

红孩儿和牛渊源很深

　　我在前文聊了红孩儿的家世，他并不是牛魔王的儿子。但是，还真不能说他和牛没有一点关系，不仅有，而且渊源还很深！

　　根据《根本说一切有部毗奈耶杂事》，鬼子母的前世是一位牧牛人的妻子，因流产发下毒誓：来生要吃尽小孩。后来就投胎到夜叉娑多家里去，当了他的女儿。

　　也就是说，这位鬼子母，是一位"夜叉女"。夜叉和罗刹虽然不太一样，但同是恶鬼，所以《西游记》中"夜叉女"和"罗刹女"相混了。而鬼子母前世的丈夫，正是一位牧牛人。明白了牧牛人妻是鬼子母的前世、鬼子母最后的去向这一系列问题，我们似乎就可以理解，为何《西游记》把红孩儿编成了牛魔王的儿子，又为何让菩萨把他收去当善财童子了——这是把两辈子的事合到一辈子写了！

红孩儿的家世

做营销，你未必做得过四海龙王

四海龙王，虽然本事不大，但在《西游记》里出镜率极高，所以值得说一说这几位的来龙去脉。

印度龙和中国的四海神

很多朋友想当然地以为龙王是道教神，因为归玉皇大帝管，其实并不是。龙王是正经八百的佛教神。中国以前没有龙王，龙王传入中国后，就开始本土化。宋代以后，彻底融入了本土的神仙体系。这也是民间信仰的产物，就像之前说过的观音道教化和民间化一样。

为什么龙王成了公认的四海神，本土的四海神哪里去了？这正是因为千年以来龙王们凭高超的"营销手段"，抢夺了市场，把原来的四海神挤走了。

龙王本来是印度的概念，这个在佛典里比比皆是，比如《大方广佛华严经》就有"譬如阿耨达，自在大龙王。……譬如大龙王，名曰摩那斯。……譬如大龙王，名曰大庄严。……譬如海龙王，名曰娑伽罗"等等。印度的这些龙王，随着佛教的东传，就逐渐进入中国了。

　　我国的四海，原来是有神的。例如《山海经》里的四海神分别是："东海禺虢、西海弇兹、南海不廷胡余、北海禺强。"这四位神都是人面兽身，珥蛇践蛇的形象，和龙王扯不上关系。

　　此外，道教也有自己的四海神，比如《云笈七签》：东海神名阿明，西海神名祝良，南海神名巨乘，北海神名禺强。

《山海经》里的四海神（明万历刊本）

　　又如《太平御览》里记的四海神及其妻子的名字：

　　东海君姓冯名脩青，夫人姓朱名隐娥；南海君姓视名

赤，夫人姓翳名逸寥；西海君姓勾大名丘百，夫人姓灵名
素简；北海君姓是名禹帐里，夫人姓结名连翘。

这些四海神，有的直接叫神，有的叫君。虽然不知道长什么
样，但肯定不是龙王。把这些神封为王，是在唐代。

天宝十载正月，四海并封为王。太子中允李随祭东
海广德王，义王府长史张九章祭南海广利王，太子中允
柳奕祭西海广润王，太子洗马李齐荣祭北海广泽王。

这就是说，此时官方的四海神仍然不是龙王，而是一些由朝
廷封的莫名其妙的人物。

然而，这时民间的龙王，已经看准了这个编制，一场反客为
主的争夺战，悄悄开始了！几百年竞争的结果，是民间的龙王取
代了官方的海神，占领了四海。

从基层做起的龙王

不得不说，龙王在我国，并没有一步到位直接就占了四海，
而是踏踏实实地从基层做起的，龙王的提干史，可以说是我们公
务员的榜样，也可以为我们今天创业提供思路。

比如《太平广记》里说：汴州八角井多有龙神，时有异手出
于井面。

这是唐代的事情，这里的龙神，其实就和乌鸡国的那个井龙
王一个级别。所以猪八戒进了井龙王的水晶宫还诧异：井里还有

龙王？这不新鲜，龙王就是从井里这种小号做大的。

小号没有大号推，也不行的。但是随着民间龙王信仰的兴盛，总会获得官方推的机会。宋代开始建"五龙庙"，这可以说是龙王第一次等到了官方推的机会。但这次官方推，幅度很小，只是承认了龙神的地位而已，和海神还不能扯上关系。这个时候，各位龙神还在一起办公，还没有分家——他们的影响还不够大。除了五龙庙，还有"九龙庙"。陕西的澄城县就有一座，供奉九位龙神，可不知为什么只供奉一位龙妃。一打听，原来这位龙妃是五代名臣冯道的女儿。

冯道，也是个有争议的人物，他历仕后唐、后晋、后汉、后周四朝，先后效力于后唐庄宗、后唐明宗、后周世宗等十位皇帝，其间还向辽太宗称过臣，所以名声并不是很好。有人写诗说他"身既事十主，女亦妃九龙"。这可算讽刺到家了！

抛开冯道不说。我们起码可以看出来，九个龙王穷到只能共享一个妃子，一星期侍寝一轮还有两个轮空的，惨啊！可见这个时候的龙王，地位并不像后来那么高，还处于合租一个单元房的艰难创业期。

做垂直内容的高手

为什么龙王获得了最终的胜利呢？这是因为龙王善于经营垂直市场。

现在有一个说法，叫垂直内容。内容越精准越好，越明确越好。龙王在中国发达就是依靠这样的策略。假如龙王也有供人反馈意见的政务平台的话，去搜一下关键字，百分之九十都是"求雨"。

我国是一个农业大国，在没有现代科技的古代，只能靠天吃饭。这个时候，风调雨顺是老百姓最盼望的。所以，求雨这个活动，从古到今都是民间的一个重点话题。

龙王在印度的时候，一部分职能就是管降雨。到了中国之后，这个职能继续放大。以至于凡是有井水、潭水、池水、湖水、河水、江水、海水的地方，都可以成为向龙王求雨的场所。

古代这些水体确实有对应的神，海有海神，北方有河伯，南方有湘君，但是这些神灵，只管当地一个地域。当然，也可以向他们求雨，比如齐景公就想向河伯求雨。

但这些大神除了管下雨之外，还管别的内容。比如黄河之神，他还担负着代表国家领土这样的职能。所以五岳四渎是被一起祭祀的，但这样一来就把服务内容分散了。另外，一些小潭、小湖未必有公认的神，大神也未必愿意代管这些小号。没有大江大河大海的地方，老百姓该向谁求雨呢？现给这些小潭、小湖编神，是来不及的，也不会得到公认的！

龙王正是看准了这个需求，迅速打开了中国市场。一开始只是提供一些单项服务，比如降雨，为打开市场做准备，但这已经让普通百姓尝到了甜头。例如《搜神后记》"龙穴祈雨"：武昌虬山有龙穴，居人每见神虬飞翔出入。岁旱祷之，即雨。

武昌就在长江中游，可不是没有大江大河的地方。当地的人宁可向一个小龙穴的"神虬"求雨，也不向近在咫尺的长江江神求雨，这正说明服务精准化的效果。在老百姓心目中，江神太忙了，朝他求雨，还不知道等到何时呢！这就像有些人病了，宁可去小诊所，也不去大医院，因为小诊所能提供更为便捷的服务。

龙王的连锁经营

龙王还有一项擅长的本领，就是连锁经营。

水里有龙王这件事，是最顺理成章的：井里可以有龙王，潭里可以有龙王，湖里可以有龙王……不管它们管哪一块，它们共同的名字都叫龙王。共用龙王这一个商标，就是品牌的集中化，或者说是开了一家加盟连锁店。就像无论走到哪里，那个以卖汉堡的老头图像做商标的店子都叫KFC。龙王，简单的两个字，谁都认识。假如河北叫水君，江浙叫龙伯，湖北叫泽神，山东叫鳞长……意思虽然还是那个意思，但一下子就把品牌分散了！

当然，国家为了方便管理，还是给不同的龙王封了不同等级的封号，或者说这也算一种政治策略。比如一个小村的龙王，可以封"灵显侯"；一个大湖的龙王，可以封"灵泽公"……这是在官方文件里的称呼，但老百姓从不管那些，在他们眼里，都是龙王。所以刚才提到的武昌的那种小龙穴的"神虬"，最终都会改叫龙王。如果不改名，那就废了。

当全国各地的水体，遍布了各种龙王之后，四海龙王就呼之欲出了！这个时候，什么河伯、江神、湘君……都傻了眼。至少在元代，民间就已经认为，四海都是由龙王在管理了！小池、小塘、小井都有龙王，凭什么海里不能有！这就叫"农村包围城市"，在民间获得了合法性。

但是，河伯、江神、湖神能统一成一个"中国水神"的商标和龙王抗衡吗？不能！它们之间不打架就不错了！因为它们本来就来自不同的派系。所谓"祭不越望"，出了地域和越级就是不合法的。况且，就算朝廷强行统一，老百姓也不认账。我觉得我国最麻烦的事，就是特别喜欢讲派系。不信，走进任何一家单位、一家公司，里面都有无数的派系。派系之间的斗争，其实是制约一个公司发展的最大内耗。

然而，尽管民间早就开始祭拜海龙王了，官方还是不肯承认四海龙王的地位，相当于不开认证通道，国家祀典祭祀的还是四海的海神。这种民间认同和官方认证对象不同并存的局面，一直到清代才结束。

直到雍正二年，鉴于四海龙王已经获得了不可动摇的民间地位，才由雍正皇帝敕封四海龙王之神：东曰显仁、南曰昭明、西曰正恒、北曰崇礼。俱遣官赍送香帛祭文，交该地方官致祭。九个龙王共用一个妃子的苦日子，终于过去了！四海龙王取得了彻底的胜利！

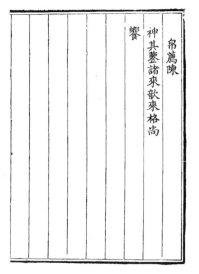

《南工庙祠祀典》里官员祭祀龙王的祝文（清乾隆四十四年序刊本）

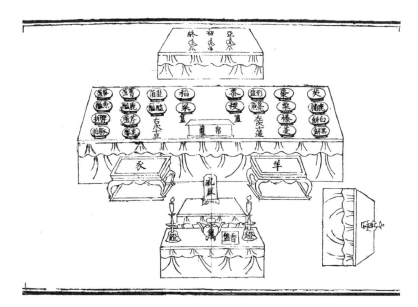

《南工庙祠祀典》"龙王庙祭祀陈设图"（清乾隆四十四年序刊本）

有朋友会问，为什么《西游记》里的龙王归玉帝管呢？这很简单，这就是龙王信仰中国化之后的变化。龙王有佛教背景，毕竟是水土不服的。这就等于说，KFC的股东可以更换，对老百姓而言，他们只关注卖的汉堡还是不是那个味道，股东换了之后，老百姓顶多说一句："哦，知道了。"

但是龙王也很识相啊。归佛祖管就归佛祖管，归玉帝管就归玉帝管，大股东是谁并不重要！我们只要做好客户服务就行了！

所以，天下龙王庙之多，简直到了惊人的程度。我姥姥家是一个小山村，都有个火柴盒大小的龙王庙。

总结一下本土的四海神失败的原因：

第一，品牌不突出。什么祝良、巨乘、禹帐里、视赤……听起来就不像海神的名字，光顾了自己玩、自己高冷，忽视了品牌形象建设。再比如，东海神叫阿明，这名字和东海有什么关系，卖萌也卖得不是地方啊。

第二，服务不周到，内容不垂直。老百姓根本不知道你管的是什么，也不知你这海神是侧重管渔业的，还是管气象的，还是管国家安全的，或者什么都管。什么都管，等于什么都不管！

第三，不善于设计、经营品牌的形象。试问，这些神长得什么样？谁画过？谁塑过？谁推过？这就叫没有辨识度。我们今天看到的龙王形象，是他充分中国化的结果，和印度的龙王很不一样。

要知道，信仰这件事，可以说是一件供大众消费的文化产品，打的是知名度，最终变现的是香火钱。

龙王有钱

佛经里经常说海龙王有很多宝藏，这也是龙王受到民众欢迎的一个原因。事实上，人们出海航行，有时确实能发横财。人们当然愿意把这些奇遇归结为龙王的恩赐。

有朋友说，这不都是神话传说吗？哪里真的有宝、有钱。不是的！不管是神话，是传说，只要大家相信，那就是真的！佛经天天说，龙宫有宝藏，龙王有钱。传来传去，这就是共识。连孙悟空都知道"愁海龙王没宝哩"，跑到龙宫去要宝。果然金箍棒这种神兵也藏在海里。其实我们把自己的钱存入虚拟的APP也好，现实的银行也好，你亲自调查它有钱了？还不是身边的人都去存，相信它而已。从这个意义上来说，相信身边的人和相信佛经，又有什么本质区别？所以天下有些事情，有时不在于真相如何，在于说的人多不多。

四海龙王的名字

虽然四海龙王都叫龙王，在这个层面上有辨识度，但他们具体的名字，其实乱得一塌糊涂。

就是《西游记》本身，描写过程中也常出现混乱，这正说明四海龙王的名字，本来就没有一个确定的答案。例如第三回孙悟空去东海龙宫借兵器，又要披挂。东海龙王召集三个兄弟商议，说是"南海龙王敖钦，北海龙王敖顺，西海龙王敖闰"，谁知没隔几行字，三海龙王要捉拿孙悟空，敖广阻拦，这几个龙王的名字忽然变成了西海龙王敖顺、北海龙王敖闰。后面也是"顺""闰"常常混淆。

其实我们只要看多了古代小说就知道，四海龙王从来就是不确定的。除了《西游记》里这几个名字外，还有敖润，其实就是敖闰；敖光，其实就是敖广；此外还有敖吉、敖明、敖英、敖祥、敖贵……甚至有时候东海龙王就叫敖东。这和给自己奴才起名叫什么张财、李贵也差不多。

另外，龙王为什么姓敖呢？这个在佛教、道教的经典上都没有先例，国家祀典似乎也没有先例，纯是老百姓编出来的。

既然是老百姓编出来的，就未必有那么严密的逻辑了。《西游记》《封神演义》里的龙王都姓敖，其实这个地方有一个异文，明杂剧《争玉板八仙过海》里，提到的东海龙王并不姓敖，而是姓鳌，是"鳌广"而不是"敖广"。这个可能更原始，因为鳌是海中巨龟。佛教中的龙王还没有传入中国的时候，在神话传说中，巨鳌似乎是海中最大的动物，因为蓬莱山就是它们背负的。但"鳌"实在不像一个姓，去掉鱼而为"敖"，这就像一个姓了，宋代就有敖颖士、敖知言。

其实元杂剧《沙门岛张生煮海》里，张羽问龙女姓什么，答曰姓龙。张羽便说："小娘子姓龙氏。我记得何承天《姓苑》上，有这个姓来。"由此可见龙王也未必姓敖的，反倒是姓龙靠谱些。

其实喝孙悟空"圣水"的人，从来就不缺

车迟国这个故事是《西游记》中最好玩的，一不打斗，二不请神，轻轻松松地降伏了三个妖道，就像看喜剧片一样。其实这里面藏着无限的人情世故。

来两碗圣水

先回顾一下剧情：唐僧师徒来到车迟国，正赶上虎力、鹿力、羊力大仙在三清观举行斋醮。孙猪沙兄弟三人趁夜把三清圣像推倒，丢到"五谷轮回之所"里，自己变作三清的模样，坐在殿上。三个大仙还以为是真仙下凡，赶紧拜求圣水。孙悟空他们就尿了几缸子，三个大仙就都喝了！喝了几口发现味道不对（1986版电视剧《西游记》在这里修改了一下，让三位大仙喝得痛快了些），孙悟空就自曝身份，立即离开了三清观。

求仙人赐圣水的故事，在古代简直太多了！不妨聊几个。

三国时魏国寿春的一个农妇自称天神附体，开始卖"圣水"，据说内服外敷都有效。魏明帝就把她召到宫里，好好招待。谁知魏明帝得了病，喝她的"圣水"，一点用都没有，就把农妇杀了。

唐宝历年间，亳州有和尚卖"圣水"，据说能治病。一时间

轰动了好几十个城，大家纷纷去买水。这时李德裕镇守浙西，叫人用锅装满"圣水"，放了猪肉煮，说："如果真是圣水，猪肉应该不烂。"当然，火到猪头烂，李德裕就把妖僧治了罪。

　　但这些"圣水"，起码都是能喝的水。有很多朋友问我，拿喝的液体当"圣水"以及"五谷轮回之所"，这两个梗是怎么来的，我觉得这两个分开看，看不出什么来，合起来看才有点意思。只是说起来有点恶心，诸位要做好心理准备。

　　喝的液体当"圣水"，这个天才创意，似乎来自中医的"轮回酒"。

　　轮回酒是什么东西呢？其实就是人尿。比如：

　　　　其小便必长，取以饮病者，名曰轮回酒，与一二碗，非惟可以止渴，抑亦可以涤荡余垢。(《仁斋直指》)

　　　　轮回酒，即人尿也。人有病者，时饮一瓯，以酒涤口，久之有效。(《双桥随笔》)

　　一喝就得一小盆，专治跌扑伤损，胸口胀闷。妇女分娩后喝，不得产后病。讲究的，要喝自己的尿，才叫真正的轮回酒。如果大家看过明史，就知道章纶上奏章请立朱见深为储君，结果激怒了景泰帝，被抓进了大狱，一待就是六七年，没医没药，身子不舒服了就喝尿，自己的尿，别人的尿，雪碧加啤酒，红酒加可乐，换着花样喝，居然挺过来了！

　　轮回酒到底有没有用？按这些案例是有效的。但我怀疑毛病就出在"久之有效"上，就像《红楼梦》里的"疗妒汤"，一顿不行吃十顿，一年不行吃十年，人总有一死的，死了还妒什么？总之这章纶老先生酸酸爽爽地喝了几年的尿就是了。

壮士，干了这碗轮回酒！

轮回酒又叫"还元酒"，其实这不是最恶心的，中医里还有一味药叫"还元水"。这东西是什么呢？就是粪清。据《菽园杂记》记载，制法是这样的：

腊月用一个空瓶，用细布蒙上瓶口，系上绳子，浸在茅厕里。时间一长，粪汁就渗满瓶子。满后拎出来，埋在土里，过二三年，就化为黑亮亮、黄澄澄的一瓶水。发毒疮的时候，满饮一碗（味道有些发苦），毒性就会散去。归有光的朋友沈通理，喝过这东西治好了病。

好吧，至于这些东西到底有没有药效（比如《本草纲目》说得瘟病垂死的人喝一碗还元水就立即好起来），我不是大夫，没研究过，态度中立。

为什么屎尿要起"轮回酒"和"还元水"这样的名字呢？意思自然是从后门出去，又从前门进来，就像轮回一样。其实"五谷轮回"岂不也差不多，只是多了一道回到田里施肥的程序而已。比如《笑林广记》这个故事：

（塾）师在田间散步，见乡人挑粪浇菜。师讶曰："菜是人吃的，如何泼此秽物在上？"乡人曰："相公只会看书，不晓我农家的事。菜若不用粪浇，便成苦菜矣。"一

日，东家以苦菜膳师，师问："今日为何菜味甚苦？"馆
僮曰："因相公嫌龌龊，故将不浇粪的菜请相公。"师曰：
"既如此，粪味可盐，拿些来待我瓒瓒吃罢。"

其实这位教书先生的想法，倒蛮直截了当，只不过正常人的
五谷轮回都是三个环节，到他这变成两个了。

喝圣水的一直就不缺

但我觉得好玩的是，从三位大仙喝圣水的反应来看，就知道
他们成不了大气候了！就算是真的三清下凡，也不会留圣水。孙
悟空能留泡尿，就算客气了。如果真的三清下凡，留给大仙的恐
怕是更严厉的惩罚！

要知道，这件事从一开始，孙、猪、沙三人就是以三清的面
目出现的！

试问三位大仙，你们的身份是什么？信的是什么？

拜托，你们三位是道士啊！你们信的就是三清啊，你们天天
拜，不就是希望三清下凡吗？不就是希望得点圣水吗？你们的教
义，不就是长生不老吗？好了，现在"圣水"在眼前了，居然还
敢怀疑，居然还敢挑三拣四，觉得"圣水"不好喝？！

三位大仙在孙猪沙没来的时候，干什么来着？修醮啊。你们
自己也说："罗天大醮，彻夜看经。幸天尊之不弃，降圣驾而临
庭。"按照你们的逻辑，如果确实至诚祈请了，这时候是应该有
天尊降临的啊。

这三位大仙如果是合格道士，应该知道祖师爷魏伯阳的故事

吧？就是汉代写《周易参同契》的那位。这是《神仙传》里的故事，即便不算入道第一课，也算学道的课外读物吧。故事是这样的：

魏伯阳带着三个徒弟，在山中炼丹。炼了一炉丹后。魏伯阳说："不知药效怎么样，你们先喂喂狗，看狗吃了什么反应？"结果狗吃了就死了。三个徒弟说："炼出的是毒丹，吃不得！"魏伯阳说："我看破红尘，出家修炼，炼的就是这个，为什么不吃？"说着把丹吃了，扑通一声，倒地断了气。大徒弟说："师父不会骗我，师父不是凡人！"说着也把丹吃了，也死了。二徒弟三徒弟一合计，说："完了，本来跟着师父炼丹是要长生不老的，现在师父师兄都死了，还不如回家，落得剩下几十年快活。"就出去给两人买棺材。两个徒弟前脚一走，魏伯阳就从地上爬起来了，带着大徒弟和那条狗升天而去。

我们不从史实、化学的角度看，只从道教教义的本身看，这其实就是师父对徒弟的试探。大徒弟过关了，二徒弟三徒弟心不诚，不相信师父。入道的时候不是说了吗？拜师要用黄金玉帛，截发对天盟誓，誓死不渝（见《云笈七签》）。怎么一到紧要关头就掉链子了？所以大徒弟考试合格，二、三徒弟"渝"了。

所以三位大仙，你们在这件事上并没有及格啊，因为不管是不是"圣水"，首先你们怀疑了三清的真实性！

你们说，我冤枉啊，谁知道他们是和尚变的啊。没错，孙、猪、沙确实是把三清圣像丢在厕所里，自己变作了三清，但这也没什么啊！按你们的教义，三清不是凡人，而是先天道炁所化啊，所以一切形象，都可以看作他们的化身，既然能用三座塑像代表，为什么不能用三个和尚代表？道在屎溺，就是用三坨屎代表三清，又有什么不可？既然选择了信仰，就别乱怀疑。

所以这三位大仙，真是丑到不堪，又傻得实在！

他们居然说"我等可拜告天尊，恳求些圣水金丹，进与陛下，却不是长生永寿"，你们真是傻得可爱啊！道教求长生，先是求自己长生啊。就像孙悟空拜师一样，口口声声咬死，只学长生的法术！你们当着天尊，居然说求来圣水金丹是献给皇上，以博取功名富贵？哪个天尊会给？为什么不先求到手再献给皇上呢？这就如同对一个女孩说，我求得你的真爱，是为了给我老娘找个好媳妇！

最后尝到"圣水"，就说"不大好吃"。听到对方暴露身份，连问都不问，直接动手就打，也太沉不住气了吧。万一是试探你们呢？这是对待祖师爷应该有的行径吗？

如果三位大仙至诚皈依，心心念念长生不老，不慕荣华富贵，不怀疑，不挑拣，闻到"圣水"骚味不嫌弃。就算是孙悟空等人自曝身份，声称不是三清，三位大仙还是俯首谢恩，毫无怨言。那么，我敬你们是三条汉子！是真修道之人！你们喝的虽然是猴尿猪尿，效果就等于是"圣水"！因为虽然你们眼前的三个人不是三清，但你们心里真的有三清！如果挑三拣四，疑疑惑惑，觉得吃亏了还"一齐动叉钯扫帚、瓦块石头，没头没脸往里面乱打"，这和我们凡人去市场上买东西有什么区别？这鱼是新鲜的吗？那黄瓜分量够吗？回去一称不够分量，就转回身打上门。那就是和三清爷爷做交易了！真的三清，允许你这样交易吗？

其实《西游记》真的很伟大，这一段写世道人心，简直写得绝了。很多人口口声声信这个信那个，表面上，五体投地，叩拜神佛，心里想的却是求这个、求那个；许愿发心也要衡量一下，和所求的东西比是不是够本，这就是做交易来了！

我想说，你要是真的虔诚皈依，请不要把市侩思维带进庙宇。要是来做交易，买卖双方应该是平等的。那也请你自重，请你站起来，在大殿里站着讲话就好。不用五体投地，不用叩拜。神佛不需要你虚假的虔诚！

比如今天，有人被假和尚、假道士骗，骗钱骗色，这不就等于是喝了"圣水"了吗？你想想，没人逼迫你信，既然宣称信了，如果对待神佛是这样的态度，可不就配喝点这样的"圣水"吗？这就叫：人不知自重，必自取其辱。

有一次，我去草原上旅游。黄昏时分，一大群羊朝我们跑过来，跑近后，忽然停住，齐刷刷地朝我们不停叩头。我一开始还以为这些羊在向我们致敬，后来才发现，它们只是在吃面前的草。之所以感觉到自己被羊群叩拜了，只是因为恰巧站在了一片有草的地方！

三个大仙凭什么当上车迟国的国师？

车迟国的妖怪，是虎力、鹿力、羊力三位大仙。这三位和西天路上的妖魔很不一样。他们不打打杀杀，没有法宝，也并不吃人，是打入高层的政治型妖怪。

他们有本事吗？有。他们会干什么呢？从车迟国的几场比赛来看，他们会隔板猜物，会砍头挖心下油锅，会坐禅。但凭这些本领就能被封为国师吗？三位大仙又不是马戏团魔术师，难道国王天天隔板猜东西玩、看砍头玩？他又不是三岁小孩子！

三位大仙获得车迟国国师地位的本领，是求雨！书里写道：

> 僧人在一边拜佛，道士在一边告斗，都请朝廷的粮偿。谁知那和尚不中用，空念空经，不能济事。后来我师父一到，唤雨呼风，拔济了万民涂炭。

这是道士说的，与和尚、国王说的，大体一样。事实就是如此，和尚求雨求不来，三位大仙来了，一求就下雨。你能说三位大仙没有功劳吗？当然不能。

书中明言，三位大仙求雨，靠的是"五雷法"，而且，他们虽然是妖怪，这五雷法却是真的！书中明言："那道士五雷法是个真的。""却只是五雷法真受。"这是他们安身立命的真正本事。

五雷法是什么？

简言之，五雷法相当于天庭颁发的证书，持此可以享受到天庭官方的免费服务。持证的人只要驱使天神，玉帝就得答应，就像连锁店要求总店配货一样。

我们知道道教有一套"授箓"程序，必须经过认证，才能成为正式的道教徒。所谓的"箓"，就是代表天庭旨意，颁发给入道者的身份证。身份的获得是这样，法术的获得也是这样。

道教中有一套重要的法术，就是"五雷正法"，或称"雷法"。雷法信仰雷霆之神，认为可以通过作法来呼召，达到求雨、驱鬼、辟邪的目的。所谓五雷，不同的派别指的不一样。最负盛名的"神霄派"的说法，是天雷、水雷、龙雷、神雷、妖雷（社令雷）五种。有点像五个不同的职能部门或科室，需要办什么事，就找相应科室。比如说，动龙雷，是召唤守卫龙宫的神将，职能是救一方水旱。求雨当然可以动龙雷，但先得写申请，向玉帝打报告（当然是在法台上焚化写好的奏章），然后玉帝同意，命令由总机转分机，转达到龙宫（当然是道士自己说的，《西游记》里叫"玉帝掷下旨意"），龙雷神将们就来了。这和打110的程序好像差不多，一定是先到总台，然后转到各地分局，然后警察叔叔来了。

当然，碰上重要法事，五雷一起呼召也可以，这就像各局联合现场办公。不过，这就得看行法道士的法（miàn）力（zǐ）了。

像羊力大仙炼冷龙的勾当，等于是私下里养小混混，看场子。

雷法是怎么玩的？

雷法有许多套，一套相当于一个项目组，或者是一个工程队。

首先要指明谁是主法。一套法术有一个主法，可以是真武大帝、元始天尊、长生大帝等。有点像一个局机关，凡事汇报，可以向局长汇报，也可以向分管副局长汇报。这个主法又像家里搞装修时，装修公司的总经理。比如"先天一炁雷法"的主法是"雷霆教主白洞灵安河魁汪真君"，"雷霆三要一炁火雷使者法"的主法是玉皇大帝。

其次是主将，这就具体到负责你家施工的包工头了。"先天一炁雷法"的主将是"先天一炁火雷飞捷使者旸谷神君"张珏。

最后是副将，这些都是包工头手下的工人。不同的包工头，喜欢用的工人不一样。比如东方魔朋使者、南方烈煞使者、西方黑猛使者、北方恶轰使者、中央焜电使者，或者东方风雷使者蒋刚轮、南方火雷使者璧机、西方山雷使者华文通、北方水雷使者雷压、中央土雷使者陈硕，雷公江赫冲、电母秀文瑛、风伯方道彰、雨师陈华夫。

主法和将班，都是可以换的，可见天庭还是很讲配套服务的。这一套不喜欢可以换一套，就像一个装修队在你家干活，如果不满意，也可以辞退另换一个。例如"贯斗忠孝五雷武侯秘法"，主将是诸葛亮，副将是关羽、张飞、赵云、马超、黄忠。所以假如《西游记》的人物请《三国演义》的人物来作法，也不稀奇！

这些名字要放在坛上，就是《西游记》里说的"左右有五个大桩，桩上写着五方蛮雷使者的名录"。然后法师登坛，不是说比画两下就完了，需要动用自身的修炼功夫，想象心中有一座北斗、一座南斗，金光灿烂，身体中雷电激荡，南斗北斗哗啦一下颠倒，两手握雷诀（有许多握法，一般都像握拳一样），引导天神降在坛前（以上这些，都是法师在头脑中想象的）。

握雷诀的手势

雷　诀

然后就着这个劲儿，念各种咒，烧各种符，比如起风咒、起风符，起云咒、起云符，起雷咒、起雷符，起雨咒、起雨符。当然还有祈晴咒、祈晴符，基本就像虎力大仙那样一个符一个符地烧下去，一次一次地拍令牌。

《西游记》里有些神，和正规的道教法术中的神还是不太一样，体现了民间信仰的特征，例如推云童子，这个应该是民间俗神。我在道教神谱里查过，好像没有。

降雨并不一定都归龙王管，也可以请雨师来降。如果要动龙王，得有起龙符、檄龙文。并不是每次都要召请四海龙王，这得多大面子！我在上一讲说了，宋元的四海龙王还没有得到官方完全认可。降雨一般就是召请本地龙神，比如：

速命某处某潭洞龙君，限今月某日某时到某处，兴
云致雨，大轰霹雳，救民焦枯，沾足田畴，利济万物。
有功之日，名录上清。恭准元阳札命，火速奉行！

语气是非常强硬的！有功当然就奏请行赏，无功呢？"坛中
心大书飞剑斩龙符于旗上，以胁龙神"，因为这是"承诰奉行"，
代表了上天的意志。所以《西游记》里龙王看似是四海的首领，
但犯了错误又可以被斩，这正是龙王信仰从民间向官方过渡的时
代特征。

也有请大龙王的，例如：

五帝五龙，降光行风。广布润泽，辅佐雷公。五湖
四海，水最朝宗。神符命汝，常川听从。敢有违者，雷
斧不容。急急如神霄真王降雨律令！……前去某处，关
借龙潭之水，卷水上云。定限某日某时速赴行坛，以应
祈祷。疾！

这里请的五龙，就算是大龙神了。

求雨的雷法里面，还有好多好玩的地方，比方说令牌，虎
力大仙在坛上，一下一下地，就是打令牌。但这令牌不是随便造
的，要用枣木，至少也得用石榴木或柏木，甲乙日采，庚辛日
造，壬癸日写黑字，丙丁日写红字。造完后还得祭。先按五方插
五根竹子，把一条黑蛇撕五段（没有黑蛇的话，用黑纸剪一条）
放在竹竿下面。找一只大公鸡，用剑把鸡冠的血刺出来，滴在五
个碗里，祭过雷神，把牌收在口袋里，不许一切人见。

以上大概就是雷法的框架，好玩的是这么几件事：

一、五大龙神（貌似是空手来的），他们自己并不带水来，而是去借当地潭的水！这就有点像今天的消防车，有外接水龙头。用水量大的时候，是要在火场附近现取水的。有些小型消防车，只带泵，不带水。

二、古人好像模糊地知道大气层内水循环的原理！天上下的雨，其实是从地面上蒸发的水。所以雷法里经常说"卷水上云"，当然，这也可能和"龙吸水"现象有关。

三、求雨的时候，一定要用令牌，把令牌往桌上一拍，这样比较有声势。光速比声速快，先有闪电后有雷声，这个古人也认识到了。因为《道法会元》里说了这样的大实话：

凡击令，不可乱下。如发遣，只击一下。如欲雷声随令震响，直见闪电一动，却下令，则雷声立应。

也就是说，为了追求酷炫的效果，要等闪电亮过之后，再敲令牌。坛下的观众看见一道闪电划过天空，法师高举令牌，叭！一声响，马上雷声轰隆隆炸响，那感觉好酷！其实是法师摸到打雷的规律，故意这么拍令牌的，这就是一些小伎俩。

雷法的符咒，有起风符、起云符、起雷符、起雨符，一般是下图这个样子的（这是我亲笔画的，"五雷法"三个字也是我亲笔写的）。

雷法符咒图

雷法的符咒，有些也很好玩，甚至很萌很酷，例如下面这几个：

我的嘴是朝左的哦　一人一根闪闪仙女棒　好大一坨……棉花糖　啊！翼手龙！　瞅你咋地　好桑心的小眼神，乖乖不打你

好像我们之间有星光　　　　　　　　　　　　　　　　　　　　　此符名"铁帽符"

雷法符咒图2

诸神的权力

有朋友问，风雨雷电诸神没听虎力大仙的，听了孙悟空的，岂不违背玉帝的旨意了吗？其实玉帝只管降旨：到车迟国降雨。至于早几分钟迟几分钟，这就是诸神手中的权力！

雷法里面经常有这样的话：

> 限今月某日某时为始，务要阴云四合，骤雨滂沱。
>
> 限某日某时各布风云雷雨电。
>
> 限今月某日某时下赴行坛，听候呼召。大施霶霈，普济旱伤。

也就是说，用雷法召请众神下雨，只是限到日和时，并不限到刻（至少《道法会元》里所有的雷法都这样）。早一点迟一点，在玉帝看来是无所谓的。在下界草民们看来，早一刻晚一刻也无所谓。可是对于中间层的这两家竞标的人来说，却和切身利益息息相关。孙悟空正是利用诸神的这点权力，达到了他盗取虎力大仙成果的目的。诸神卖给谁人情不是卖？孙悟空来，当然卖给他了！下雨？按时完成了呀！孙悟空？满意了呀。程序？走完了呀。虎力大仙？惨了呀！

所以这场求雨，孙悟空就算捣乱，也不是必操胜券，这是他时候赶得早。假如玉帝的旨意是辰时下雨，孙悟空辰时最后五分钟才找到几位神仙，那估计这几位打死也不敢违旨。因为稍微耽误一会儿就是巳时了，改了时辰，那就是犯天条。除非孙悟空武力胁迫，或再大闹一次天宫。比如凤仙郡那次，孙悟空把龙王拘来了，龙王说什么也不肯下雨，因为这是老大亲自关照的，下了就死定了！——孙悟空绝不是万能的！他也只能在可以寻租的权力空间里做做文章而已。

所以一个实权部门手中的权力，是可以玩得既有里子，又有面子的！因为来自更高层的监管，永远不可能事无巨细。前提是，不要太出格给人家落口实。这种规则，在天庭，在人间官府，都是适用的。所以，没事常翻翻《西游记》吧，表面上写的神仙鬼怪，实际写的都是真实的人间！

一张图告诉你什么叫"犯天条"

我们常常在《西游记》里看到"犯天条"这个词，犯过天条的神仙还不少。那么犯了什么天条，具体该怎么处理？好像这些小说都没有细说。其实天条是有的，这就是道教中适用于鬼神的法律。人间有法律，神仙也有法律。

制定这些法律的前提是：神仙鬼怪也会犯罪。犯了罪，就得用相应的法条惩治它们。因为道教历史太长，不同的教派、时期都有不同的法律。比如《太上混洞赤文女青诏书天律》（下文简称《女青天律》）、《太上老君金口科玉条正律》、《玄都律文》等。《太上老君金口科玉条正律》里面，就有"金科三百六十科，玉律三十卷一万五千条"。这"金科""玉律"也就是所谓的"天条"。今天我们说的"金科玉律"这个词就是从道教来的。

这里只举《女青天律》一例，犯了法的神仙妖鬼，会受到不同的刑罚惩处。对犯罪的神仙施行的常规刑罚，一共有六种，按下图顺时针方向从轻到重依次是：

杖：和凡人一样，用棍子打神仙屁屁。

徒：就是让神仙做苦力。这个徒，和今天徒刑的徒是一个意思。

流：也就是流放，把神仙流放到远处去。

针决：今天的针决，指的是用麻醉针给死刑犯扎一针。这里的针决，是用一种特殊的"雷针"（不是避雷针啊），扎（或用雷劈）犯了罪的神。当然不一定扎死。因为针决之后，往往伴随的是"流"。道经里经常这样说："律令大神，手执针锤，游行三界。"（雷神）左手雷针，右手执斧。这针或雷针，就是专门给犯罪神仙准备的刑具。

处斩：就是斩首，砍神仙脑袋。其实处斩还是好的，神仙最怕的是分形。分形具体是什么，我没查到明确的解释，但从天律里经常出现的"裂魄分形""恶魅分形"来看，当是指连魂魄都打个灰飞烟灭，永世不得超生的意思。

此外，后面四种是不常出现的刑罚，依次是万死万生、贬下界、灌铁丸、法外苦楚。

前三个，顾名思义，都可理解。最后一个"法外苦楚"，就是可以施以私刑的意思。武则天时期的酷吏周兴，就喜欢"法外苦楚"。这个词也自然是从凡间借用过来的。

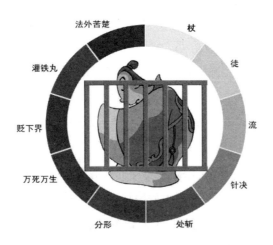

犯天条刑罚示意图

面对鬼神，要善于用法律武器保卫自己

有些朋友比较迷信，平时有好多忌讳，比如搬家要怎么讲究，上坟要怎么讲究，怕触犯什么鬼神，其实很多想法都是大可不必的。

首先，从无神论的角度说，世界上没有鬼神，当然不用害怕。其次，从有神论的角度说，这些鬼神，都是有天律、天条管着的。他们如果无故触犯好人，天庭制裁起来，比凡间法律还重！所以，面对鬼神，我们既然没有孙悟空的本事，最好的办法是知法懂法，要善于用神界的法律武器保卫自己。

我举个例子。比方说，天条里有一条规定：不管谁家的灶王爷，只要碰上本家翻修房子，这个时候灶王爷必须带着部下，先搬出去住。当然不走也可以，但肯定有噪音呀、甲醛呀、扬尘呀，灶王爷就得受着。假如灶王爷嫌装修吵到他了，一生气，给这家降灾降祸，那么灶王爷就犯了罪！要打一雷针，然后流放到八千里以外的地方。这一条出自《女青天律》，原文是：

> 诸灶神，遇人民修造屋宇，即收部下七十二候神将，暂归他方。候工毕事，方还本位。若人误犯而妄加祸患者，针决，流八千里。

所以，即使是相信鬼神的凡人，了解一点天律，实在是件大好事。我们平时只是对神仙充满畏惧，觉得这也不能得罪，那也不能得罪，其实只要学法懂法就会知道，这些神仙也是有天条天律管着的！比如住楼房的要装修，住平房的要翻修，信灶王爷的，大可不必诚惶诚恐，以为会惹到它。你放心，你一装修，灶王爷就会自动搬出去，等你装修好了再回来。绝不敢找你麻烦！

再举一个例子，鬼神吓唬小孩子，把小孩吓哭，也是斩罪。如果吓唬的是还不会说话的小孩，罪加一等（那就是分形了）。法条原文是：

> 诸邪精，以生小孩为戏，以致惊恐啼叫者，处斩。
> 未话语小孩者，加一等。

那么，鬼神犯了法，我们常人如何起诉他们呢？道士在这里充当了法官的角色，可以告诉道士。道士会执行"考召"，就是施行一种拘传鬼神的法术，执行审判，并且行刑。该斩的斩，该关的关，该打屁股的打屁股。

所以，即使是不会任何法力的一介凡人，面对神鬼，上到玉皇大帝，下到游魂野鬼，都应该用平等的态度对待他们！我们对任何一个神都不必无条件服从。有些人对鬼神们五体投地，其实只是出于自己的恐惧与无知！这种无知，可不仅仅是科学上的文盲，就是在鬼神世界里，他也是个法盲。

知法懂法，我们才能判一判《西游记》里的几个神仙犯的案子。

泾河龙王怎么判？

天条的条目太多，比如《女青天律》分正神、仙官、土地、灶神、邪神等律条，大概太烦琐的法条一般也用不到，很多道书都是节录，常用的有这十条（一些文言词汇我做了改动）：

一、诸雷神被法官呼召而不至的，杖一百；

二、诸雷神被法官差于某年某月某日某时打雷，到时雷声不响，法官差神吏重行遣役；

三、诸雨师承受文牒而不来，故意违抗的，分形；

四、诸雨师降雨不下在干旱的地方，杖一百；

五、诸水司官遇法官曰道士沉铁符，欲兴云致雨或缚龙击恶兽的，必须实时奉行，违者处斩；

六、诸龙王承受指挥，兴云行雨，而违时候者，处斩；

七、诸神吏符使遇法官差使故意滞留的，处斩；

八、诸神吏符使不将法官申奏的罪犯擒拿送至天狱的，处斩；

九、诸正神受行司法官文牒或指挥故意违抗者，处斩；

十、诸正神所管地方，有水旱必须到东岳申报，不报者，杖一百。

判一个神仙鬼怪，首先看他是什么身份，适用什么类别的律条。泾河龙王是"司雨大龙神"，适用"正神律"，犯的是哪一条呢？就是第六条："诸龙王承受指挥，兴云行雨，而违时候者，处斩。"

泾河龙王接到的玉帝圣旨是："明日辰时布云，巳时发雷，午时下雨，未时雨足，共得水三尺三寸零四十八点。"一个时辰分初和正，至于是辰初还是辰正，这就由龙王自己掌握了，只要是在这两个小时之内完成了布云，就不算抗旨。泾河龙王为了让袁天罡的卦不准，擅自改成了"巳时布云，午时发雷，未时落雨，申时雨止，下了三尺零四十点"，这就是玩大了，自己作死，任谁也救不了。

奎木狼怎么判?

奎木狼私自下界找情人去了。奎木狼是天上仙官,适用"仙官律"。找情人当然是文学故事,律条里不会有。但在《女青天律》里,真有一条相近的,就是"仙官律"的一条:"诸仙官未奉敕旨妄行世间巡察者,徒三年。"

反正巡察不巡察,都是未奉敕旨,私自下界。所以玉帝判的是:玉帝闻言,收了金牌,贬他去兜率宫与太上老君烧火,带俸差操。

带俸差操,是明代对军官的一种处分,免除其职事,带俸禄编入军队服役。《明史·职官志五》:"不任事入队,曰带俸差操。"这其实就是服劳役。

所以玉帝判得很公正啊,不是杖,也不是流,更不是斩,而是"徒",去给太上老君做苦力。

当然,可以戏说一下:天上一日,地上一年,到了黄眉老怪那回,不过三年,奎木狼就出来了!其实他只在太上老君那干了三天活。

另外,有很多人都问:奎木狼既然和百花羞在天上有约,为什么在人间奎木狼不告诉她?其实我们用人间的思路想一想就明白了,假如一个男生告诉一个女生:咱俩前世有约。女生能信吗?假如我们知法懂法的话,这事就更好理解了!因为"仙官律"有一条规定:"诸仙官巡察下方,妄有漏泄天机一分者,处斩。"也就是说,奎木狼私自下界,只判个"徒";而告诉百花羞我是你前世的情人,可就是处斩!天上的逻辑就是这样。

沙和尚怎么判？

沙和尚是卷帘大将，也属于仙官，适用"仙官律"。他"只因在蟠桃会上，失手打碎了琉璃盏，玉帝把我打了八百，贬下界来，变得这般模样；又叫七日一次，将飞剑来穿我胸胁百余下方回……"在天条里当然没有关于打碎琉璃盏该怎么判的法条，却有这么一条："诸仙官朝现班次差错者除名，责受阴鬼官，永不朝见上帝。"

也就是说，在班次中出了差错，比如站错了位置，或弄掉了东西，这些如果发生在人间帝王上朝的时候，叫"失仪"。所以沙和尚被贬下界，变的是个恶鬼。这个我讲沙和尚的时候聊过，他的原型深沙神，就是一位恶鬼。而且，整部《西游记》里，他确实没有上过天宫。

猪八戒怎么判？

猪八戒酒醉戏嫦娥，没有神仙调戏神仙的法条，仙官律里也没发现，只能参照正神调戏民女的法条："诸正神妄变形影，淫乱生民男女者，分形。"

刚才说的泾河龙王死了之后，还是有鬼魂的，到阴间去告状，然后又被送入轮回，转生去了，相当于重新做人。可分形，似乎是把魂魄直接打散。比如"邪神律"里，邪神如果朝老百姓放毒气，那就判处斩，如果毒气进一步伤了人，那就判分形。

猪八戒调戏的是嫦娥，我不知道调戏天仙比调戏民女是减罪还是加罪，反正结果好不了。所以猪八戒自己说：

> 却赴灵霄见玉皇，依律问成该处决。多亏太白李金
> 星，出班俯囟亲言说。改刑重责二千锤，肉绽皮开骨将
> 折，放生遭贬出天关，福陵山下图家业。

所以如果真判了分形，我们就不会看到猪八戒了。太白金星亲自求情，只打了二千锤，这已经是法外开恩了！我刚才说过，执法的律令大神，手里拿的就是针和锤。锤自然也是刑具，可以用针，当然也可以用锤。

孙悟空怎么判？

最后我们来看看《西游记》里最大的罪犯，反天宫的孙悟空该怎么判。孙悟空是妖猴，不能参照仙官律、正神律、灶神律，他应该适用"邪神律"，一翻就知道，嚯！犯的死罪就多了去了："诸邪神妄置衙仪出入者，处斩。"（擅立齐天大圣）"诸邪神抗拒正法者，分形。""诸邪神以邪法相抗正法者，分形。"（犯以上两条的都是因抵抗十万天兵）"诸邪神偷盗人家财物，将在他人家，或藏留者，并各分形。"（偷仙桃，偷御酒，偷仙丹）

最有趣的是如下这条：

> 诸邪神高声应对者，分形。

连高声应对都要分形！孙悟空第一次上天宫：

金星奏道："臣领圣旨，已宣妖仙到了。"玉帝垂帘问曰："那个是妖仙？"悟空却才躬身答应道："老孙便是！"仙卿们都大惊失色道："这个野猴！怎么不拜伏参见，辄敢这等答应道：'老孙便是！'却该死了！该死了！"玉帝传旨道："那孙悟空乃下界妖仙，初得人身，不知朝礼，且姑恕罪。"

"老孙便是"这一句话就是分形的罪过！难怪众仙官吓得大惊失色了。所以玉帝要单传一道圣旨：妖猴不知朝礼，且恕罪。然后才开始下面的问话。

孙悟空犯的罪，除了有一条是处斩外，剩下的全是分形。所以，孙悟空被押到天庭，当然是要推上斩妖台，碎剁其尸了。这个分形，今天的《西游记》看不出了，但这个痕迹，在早期西游故事《西游记杂剧》里还保留着。比如托塔天王说：

兀那哪吒，那胡孙又走了，你与眉山七圣大搜此山，必要拿此胡孙，灭其形象者。

观世音把孙悟空从山下放出来时也说：

通天大圣（在此剧中孙悟空叫通天大圣），你本是毁形灭性的。老僧救了你。今次休起凡心。

这里两次出现对孙悟空的惩罚，大家不觉得有些奇怪吗？

都是"灭其形象""毁形灭性",而不是凡间所说的千刀万剐、砍头剁脑。这正是对神鬼的惩罚,比凡间的断头台、绞刑架厉害多了!

我们通看一下这些法律就可以知道,这些法条,比凡间的严格多了!神仙并不是逍遥自在的,随随便便犯点错误,就可能被斩被分形。斩了之后怎么办?是不是灵魂投胎转世,重新修炼?这就不是本篇解决的问题了。

所以身为凡人,对于大多数人来说,实在是一件快乐的事。想当神仙,又守不了神仙的法律,还不如当个普通的凡人呢!

抄袭论文的同学，来通天河学学吧

从车迟国出来，就来到了通天河。

通天河故事，后半段无非是打怪、请菩萨，前半段简直可以当一部社会风俗史来读。最有意思的是，通天河故事，竟然是《西游记》里抄袭门频出的一段故事。

《西游记》被抄袭了？

讲整个故事之前，不妨发一段文字，诸位看看有什么蹊跷：

> 问："老丈有几位令郎？"
>
> 高老搥胸道："可怜，可怜。说甚么令郎，羞杀我也。老拙今年六十三岁，舍弟今年五十九岁，儿女上都艰难。我五十岁上纳了一妾，生得一女，今年才交八岁，取名唤作'一秤金'。"
>
> 问："怎么叫作'一秤金'？"
>
> 老者道："我因儿女艰难，修桥补路，建寺立塔，布施斋僧，有一本账目，到生女之年，却好有过三十斤黄金，三十斤为一秤，所以唤作'一秤金'。舍弟有个儿子

也是偏出，今年七岁，取名唤作'高关保'。"

　　问："这样取名有何意义？"

　　老者道："舍下供养个关王爷爷，因在关爷位下求得这个儿子，故名'关保'。"

　　这……怎么陈家庄的陈澄、陈清忽然姓高了呢？这难道是《西游记》的另一个版本？不是的，这是另一本书——明邓志谟的《萨真人得道咒枣记》（下文简称《咒枣记》）！问话的人，是有名的萨真人萨守坚。这个故事里也有一个要吃童男女的妖怪，

《三教源流搜神大全》里的萨真人

就是后来被萨守坚收服了的王灵官，这时他叫"王恶"，是当地的一个恶神。萨守坚烧了他的庙后，王恶一直暗暗跟随在萨守坚身旁，只要萨守坚一有过错，就要举鞭打死他。谁知萨守坚十二年内，一毫过错不犯。王恶终于感动，被萨真人收作护法，改名"王善"，这就是道教第一护法神王灵官！

如果论文查重的话，这段故事和《西游记》通天河故事的相似度恐怕要超过百分之八十！

这段故事怎么从《西游记》里跑到《咒枣记》里了呢？很可能是《咒枣记》抄的《西游记》。学界认为，邓志谟活动时间是明朝万历中晚期到崇祯时，这时候，百回本《西游记》已经印出来了。

所以我们可以判《咒枣记》抄《西游记》了，可以判邓志谟要向《西游记》及出版商道歉了？

然而，事情并没有这么简单！

通天河鲤鱼精的创意是抄来的？

这段故事，从文字和时间上看，也许是《咒枣记》抄《西游记》。可是创意上，恐怕恰好得反过来——是通天河故事抄的萨守坚故事了！

因为这个故事本来就是萨守坚的，可以上溯到元代，《三教源流搜神大全》以及后来的《搜神广记》《增补搜神记》里都有，当然各家记载不太一样，甚至还有矛盾之处，综合一下大概是这样的：

有个古庙为江中怪物占了，冒充神灵，要吃童男童女，逼得民不聊生。正赶上萨守坚来，大怒道："这样的邪神，我一定要烧他的庙！"于是把庙烧了。

这个故事的梗概，基本上就是这样。有时说是江中怪物，有时不说怪物是谁，有时还和王灵官扯上关系。到了明代朱国祯的《涌幢小品》，这个故事基本情节还是这样，只是从湖南搬到了福建，地名、妖怪、被占的庙都换了：

宋绍兴年间，福建的建阳横山王庙很灵验，当地人每年祭祀，一定要用童男女，否则就要降灾。萨守坚真人听说了，就来到了建阳。这时大儒朱熹在福建。横山王听说萨真人要来，很害怕，就托梦给朱熹，说："现在庙里那个神不是我啊！那是一条大蟒蛇，把我赶走，占了庙。这些年的祭品，其实都是它吃了，我也是受害者。萨真人不能治我的罪啊。求求你帮我个忙，和萨真人说个情吧。"朱熹问："萨真人在哪里？"横山王说："你去城里的关王庙找一找。"朱熹第二天去了，果然见到关王庙里有一个道士，正是萨守坚。朱熹赶紧告知此事，萨守坚说："既如此，横山王也没什么罪过，只是庙肯定是留不得了！"只听一声雷响，远处横山王庙大火腾空，瞬间烧作灰烬！

当然，地方恶神吃童男童女的故事，还有很多。但是萨守坚这个故事，产生得早，影响也较广，变种也较多，又和明代火爆的王灵官信仰有关联。如果要编这类故事，第一个材料源头就应该是它。

萨守坚的故事早，通天河故事晚。而且萨守坚故事通看下来，是一套流传有序的故事，而鲤鱼精故事是孤立的。所以，只能是鲤鱼精故事抄的萨守坚故事的创意，而不是反过来。要么是江里的妖怪占了古庙，要么就是大蟒蛇赶走了横山王，反正都是妖怪冒充神灵，要吃童男女。《西游记》通天河里住的原本是大白鼋，鲤鱼精来了之后，将白鼋赶走，占了"水鼋之第"，然后在附近装神弄鬼，要人们用童男童女祭它，否则降灾。甚至连陈家的男孩叫"陈关保"，也不能说和萨守坚住的这个关帝庙一点关系没有！那个通天河，恐怕就是比着湘江写的。那个鲤鱼精，恐怕就是比着萨守坚灭的那个江怪或大蟒蛇写的。

连环抄袭门

所以似乎可以这么讲，萨守坚同学读硕士的时候，写了一篇优秀的硕士论文，鲤鱼精同学写博士论文时，抄了萨守坚同学的这篇论文，但抄得很巧妙，只抄了观点，文字是自己组织的。谁知萨守坚同学硕士毕业后，没有继续读，工作了几年才回来读博士，在网上把鲤鱼精同学的博士论文搜出来了。下载之后一看，靠，这不就是我的观点吗？许你抄不许我抄？就把鲤鱼精的博士论文文字都没动地抄了一遍。

哪知道论文查相似度，是不能查观点只能查文本的！萨守坚同学太实诚了，《咒枣记》这一段，几乎是把《西游记》全文照抄，就是把老陈家换成了老高家，这手法也太拙劣了。你就不能把你的硕士论文好好改吗？何苦抄人家的！

所以，《咒枣记》冤大发了！《西游记》显然比《咒枣记》抄得高明呀！抄萨守坚的创意，化用得天衣无缝。所以，《西游记》成了经典，《咒枣记》成了末流！

好吧，我们不用"抄袭"这个词。翻多了就知道，明代通俗小说，创意上、文字上，总是相互借鉴的。古代的小说，本来就是互相交织的。

这里多扯一句，占了庙宇的这个妖怪，在湘阴就是江中妖怪；在福建，就变成了蟒蛇精！一个故事流传到不同的地区，就会根据本地区的特色修改内容。因为福建那边蟒蛇作怪，吃童男童女是自古就有的。比如《李寄斩蛇》的故事，也是发生在福建，这里概括一下：闽中有庸岭，高数千丈，山洞里住着一条大蛇，长七八丈，大十余围。每年要吃一个十二三岁的童女，一连吃了九年。有个叫李寄的小女孩，主动要求去杀蛇。她带了一把宝剑、一条大狗，跑到祭蛇的庙里，把一个甜饭团放在洞口，蛇闻到味道伸头来吃，李寄就放狗去咬，又用剑连连砍蛇，蛇从洞中窜了出来，到了院子里就死了。

这个故事里面有些细节，是值得注意的。第一是李寄杀蛇的位置，她是"诣庙中坐"，把饭团放在蛇穴口。第二是蛇受伤后，从洞里窜到庭院里死的。蛇洞中当然不会有庭，这个庭只能是指庙的院子。第三，故事另外还提到村里还有为蛇代言的巫师，说明这庙本来就是为这条大蛇盖的。这个故事还保留了祭祀妖怪原始的特征，到了宋代以后，就逐渐改为妖怪来了把正神赶走了。

所以这些民间故事，就像开放源代码一样，改一下接口，就可以用在自己的书里，抄来抄去。抄习惯了，也不忌讳了。被抄的也没办法追究，大不了再抄回来。谁想到今天有论文查重系统，能一个一个地扒出来晒？所以，建议今天喜欢抄论文，甚至抄别人著作的学术界人士，不如穿越到明朝写小说去，你们是属于那个时代的。

童男童女：神界的口味变迁史

《西游记》通天河的鲤鱼精，最大的劣迹是吃童男童女。其实从这个口味上来看，他还是一个很低级的神。记住这个原则：神也是有层次的，其中一条标准就是看他吃什么。宋代以后，只要是吃童男童女的，一定是神界最底层的神。

这有点像我们前些年，有钱人天天吃肉，肥头大耳，没钱的天天饿肚子。现在大家都有钱了，更有钱的那些人反倒开始饿肚子辟谷去了。像我这样蹲在马路牙子上撸串的，不用看，肯定是没钱的人！

其实吧，谁没底层过？天上的大神并不是不吃童男女，他们当年，也有蹲马路牙子的时候。

大神们早就吃腻了童男童女

早些年，童男童女这种食品，天上那些大神也是吃的。只是时代久远，我们不觉得罢了。三千年前，大神们不但吃童男女，而且男人女人、老人小孩，有什么吃什么，口味杂得很。

这就是原始信仰中的人祭！

翻翻甲骨文就知道，里面有好多杀人祭神的记录，祭品里，有"毂"（相当于后世的"仔""崽"），就是童男童女，另外，"仆""小妾""小女""小臣"，恐怕也以未成年的男女居多。事实上，河南安阳殷墟挖出来的人牲中，就有许多儿童的骨架。商朝人祭祀一次，就可以杀掉几十个"小女"。

杀人祭神，花样也很多，换句话说，就是神吃童男女的烹调方法很多。

假如人类为神献上一本菜谱的话，上面会有这样的做法：哉、汎、脭、焌、伐、卯、豉……翻译成现代汉语就是：风干、做血豆腐（刺人出血）、炖煲、烧烤、砍头、对剖（把人一剖两半祭物，《圣经》里也有）、豉（这个不是把人做成豆豉，而是把人砸死）。

一次祭祀如果杀多个人，还可以让神吃自助餐，这个后来写作"俎"，就是把人牲一个个摆在案子上，供神随便吃。当然，剩了也不罚款。

来吃童男女的神，有天神（帝）、河神、四方神、土神。以"帝"或"上帝"为代表的神界，三千多年前的饮食，就是以人、牛、羊等富含蛋白质的肉类为主要食材。

神界的饮食结构，东西方似乎是相同的，西方人在远古时代，也用活人乃至童男女献祭。但社会发达之后，人的生命逐渐变得宝贵，人祭就慢慢消失了，其实毋宁说这是因为人类的价格一路飙升，神吃不起了。这个转变，大约在公元元年前几百年（相当于中国的战国到汉代）。

体现这种变化的一个著名例子，就是《圣经·旧约》中的上帝耶和华，这位上帝的原型也可以追溯到蒙昧社会，但现在似乎对童男的肉不感兴趣了，所以当亚伯拉罕用他的儿子以撒献祭的时候，耶和华送来了一头羊作为替换品，并派遣天使来说："你不可在这童子身上下手。"

　　然而，他似乎对埃及童男的口味仍然保持了旧有的习惯。《圣经》记载他曾给埃及人降下"十灾"，其中之一，就是击杀埃及人的头生子。杀头生子祭神的行为，在全世界的原始部落里都有。文字学上，汉字的"孟"字，就是把头生子溺死在水盆里。所以上面是"子"，下是"皿"。"孟"用在人名上，也是家庭中长子的标志，如汉代的马超字孟起、班固字孟坚。这不得不让我们想起那句普适性的名言："东海西海，口味攸同；天神地神，嗜好未裂。"

童男女饮食结构的下移

　　天神、地神这样的大神，高屋建瓴，掌控大局，知道全人类一盘棋，再这样吃下去，一定会导致人类价格飙升，自己权威受损。再说，吃了几千年甚至几万年，也都腻了。所以以身作则，下狠心戒掉了这一口。上面狠刹吃喝风，下面不再提供肉源，可是，中层的这些神灵吃惯了，积重难返，仍然不顾上级的三令五申，顶风犯案。比如我们最熟悉的西门豹治邺的故事。

　　西门豹所在的邺，一直兴盛"河伯娶妇"的习俗，每年把一个漂亮女孩子沉到河里，作为河神的祭品。西门豹一来，立即把这个习俗破除了。

　　其实这个习俗，是从商朝留下来的，甲骨文写成"沈"，就是沉。甲骨文记载的"沈小妾""沈小女"，就是把小姑娘扔到河里淹死。所以就河伯而言，他并没有觉得有什么不妥，这是他吃了一千多年的老口味。

但是他也聪明，不敢明说想吃，所以这件事，大家都叫"河伯娶妇"，用一种浪漫的色彩来掩盖血腥。在商朝的时候，每次被"沈"的"小女"通常有好几十个，与她们同时被扔到河里的，还有"十牛""十羊"等等。河伯就算身体再好，也不能频繁地娶这么多老婆。所以在商朝，这些小女孩和牛羊一样，就是给河伯吃的！到了战国，形势变了，河伯不好意思再明着说吃人，于是改个理由，"娶妇"，形式上当然要做足：女孩子被打扮得漂漂亮亮的，穿嫁衣，戴首饰，坐豪车，"开"到河边去，让人们相信这是"娶妇"。其实还是吃人！有的傻姑娘自己也心花怒放，以为终于嫁入了"豪门"，其实是心甘情愿地给"豪门"当了鱼肉！这和今天官员们搞个"考察""开会"的名目——其实是公费旅游——是一个道理。

但即便是变通的说法，也被人类的好干部西门豹揭发出来了！所以这真是神界饮食史上的一件里程碑事件，标志着童男女正式退出众神的餐桌，"西门豹治邺"也被作为神界法系可援引的判例！所以，我们看后来的官员上奏朝廷，要求禁绝民间"淫祀"的时候（这个"淫"是多、滥的意思，不是淫荡的淫），无不拿着西门豹这个判例说事！到唐宋时期，类似的事件终于销声匿迹。

童男女成为神界底层的违禁食品

经过几轮整治，到了宋代，天上的大神、地方性神灵普遍不再食用童男童女，童男女就开始成为违禁食品。

这段时期，天上的大神还是非常自律的，自律到什么程度？《天皇至道太清玉册》里记载的祭祀用的龙脯、白鹤脯、鹿脯……看上去是这些动物的肉，实际上都是代称。龙脯是麦麸，白鹤脯是蘑菇，鹿脯是牛蒡子。

所以这里戏说一下：有人说《西游记》里玉帝还吃"龙肝凤髓"，不用大惊小怪，也许人家是自律呢？只是用个好听的名字而已。名字叫"龙肝"，其实玉帝吃的是一嘴麦麸！

然而，人类对违禁食品有一种特殊的好奇，比如东北的飞龙鸟、熊掌，即便冒着犯法的风险，也要设法吃一吃。其实神也一样，越是禁，越要吃。所以，唐宋以后，童男女再没出现在官方祭祀的菜谱中，可民间私自祭祀的小神却在偷偷地吃。

这些小神，往往都是恶神、鬼怪。比如《西游记》里的灵感大王，"三言"里的皂角林大王，《咒枣记》里的王恶，《北游记》里的刘后，萨守坚灭的蛇精等。以上都是传说中的，历史上那就更多了，比如宋代湖北松滋的恶鬼神、湖北的棱睁神（瞧这名字）、池州的大王神……"湖南北两路风俗，每遇闰月之年，前期盗杀小儿，以祭淫祠，谓之采生"（《宋会要辑稿》）。有时候是老百姓自愿奉献子女，有时候是当地人去外地抓。

为什么会这样？因为它们都相当于黑恶势力，在老百姓心目中，如果不拿点新鲜玩意儿伺候着，它们就会降灾（其实多半是巫师搞的鬼）！比如通天河的那位灵感大王，"若不祭赛，就来降祸生灾"。国家承认的正神，因为有编制，有国家的一份香火钱，反倒不需要这种待遇。也不是他们天生自律，而是原始信仰的那些年头都吃腻了！

有趣的是，信奉这些恶神的，往往也是底层或偏远山区的民众。这些恶神就像小混混一样，生活在神界的底层，借着社会上多神崇拜的风气，在偏远山区或底层民众中混口饭吃。因为需要搏生存，所以小混混往往反倒凶，需要吃新鲜玩意儿，这其实是没出息的表现，然而当地老百姓反倒惹不起。但恶神们的处境，也是最不安稳的，一旦出现了西门豹这样的官员，或者萨守坚这样的法师，尤其是惹恼了当地正神（当然是惹恼了信奉正神的老百姓），就是砸像烧庙连窝端了。

童男童女的价格

最后一个问题，就是童男女的价格。也就是说，这些"大王"吃一顿童男女，折合多少钱。

在通天河的陈家庄里，孙悟空问老陈兄弟，你们既然这么有钱，为什么不买两个童男女替你家孩子祭祀呢？原文是：

> 行者道："既有这家私，怎么舍得亲生儿女祭赛？拼了五十两银子，可买一个童男；拼了一百两银子，可买一个童女，……可就留下自己儿女后代，却不是好？"

合计一百五十两银子。按一两银约合今天三百元人民币来算，灵感大王这一顿吃了四万五千元！

有朋友问我，咦，古代男权社会，不是重男轻女的吗？为什么五十两买一个童男，反倒得一百两买一个童女？我回答道：正是因为古人有重男轻女的现象，女孩才比男孩贵！因为这重男轻女，是从自己的家族说的，不是从买卖的角度说的。战乱、饥荒时还看不出来，在太平年代，女孩的用处，比男孩大多了！

第一是可以做丫鬟侍女。

第二是可以做妾。假如一家富户，老爷能生育，夫人不能生育，老爷大可买一个女孩来做妾，为他生孩子。

第三是可以卖作娼妓、歌女。

第四是可以卖到边远山区做穷光棍的老婆，如果还小的话，可以做童养媳。

反过来，男孩有这些用途吗？除了买去给人做小厮、做苦力外，这几样用途一个都没有！比如老爷不能生育，夫人能生育，夫人能买一个小帅哥来给她生孩子吗？同理，老爷少爷房里，可以有一堆侍女照顾，但夫人小姐房里，有一堆小厮照顾，老爷能干吗？谁听说把小伙子卖到边远山区做老寡妇的老公了？有童养夫一说吗？

所以说，正因为是男权社会，所以对女性的需求才比男性高！在允许人口买卖、进入市场的男女人口均等的情况下，肯定是女性人口市场供不应求。

所以宋朝太平盛世的时候，人都说"京师中下之户不重生男"，生了女儿，就像掌上明珠一样宠着，稍长大，就随其资质，教一些吹拉弹唱的本领，卖给士大夫家做歌女侍妾。这其实不是宠孩子，而是做投资！

另外一个旁证，是清末民国初年的邓之诚《骨董续记》卷二："今旗下贵家（八旗的贵族），必买臊鞑子（蒙古人）小口，以多为胜，竞相夸耀。男口至五十金，女口倍之。"这个价格，和《西游记》里的童男童女价格正好一致。所以，《西游记》里的这个价格，很能反映当时的社会现实。

图书在版编目（CIP）数据

《西游记》的八十一问.2 / 李天飞著.—北京：作家出版社，2023.5
ISBN 978-7-5212-2172-5

Ⅰ.①西… Ⅱ.①李… Ⅲ.①《西游记》研究 Ⅳ.① I207.414

中国国家版本馆 CIP 数据核字（2023）第 039221 号

《西游记》的八十一问 2

作　　者：李天飞
统筹策划：刘潇潇
责任编辑：张　平　单文怡
插画支持：李云中
装帧设计：孙惟静
出版发行：作家出版社有限公司
社　　址：北京农展馆南里 10 号　　邮　　编：100125
电话传真：86-10-65067186（发行中心及邮购部）
　　　　　86-10-65004079（总编室）
E-mail:zuojia @ zuojia.net.cn
http://www.zuojiachubanshe.com
印　　刷：河北鹏润印刷有限公司
成品尺寸：147×210
字　　数：175 千
印　　张：8.25
版　　次：2023 年 5 月第 1 版
印　　次：2023 年 5 月第 1 次印刷
ISBN 978-7-5212-2172-5
定　　价：39.00 元